上海诗词系列丛书 二〇二五年第一卷·总第三十一卷

上海市作家协会／主管　上海诗词学会／编

思曲吟长

上海诗词

上海三联书店

乙巳新咏

觉群杯赛

海上诗潮

诗以送别

云间遗音

诗社丛萃

江南诗社作品

风云酬唱

诗苑纳新

九州吟草

观鱼解牛

乙巳新咏

● 杨逸明

甲辰岁末迎乙巳蛇年书怀

冻砚欣磨墨，残年闲咏春。
神蛇身不死，老骥志难沦。
梦里追寻旧，诗中打造新。
九州多杰句，四季有芳辰。

● 莫　臻

金　蛇

金蛇狂舞福欢声，春到神州万物生。
四海翻腾野火烈，泰山自在大江横。

● 傅春林

行香子·除夕祈愿

岁至除夕，瑞彩盈天。看华灯、璀璨星悬。阖家围坐，笑语绵绵。愿亲无疾，椿萱健，乐无边。　初心未改，流年莫绊。任风云、过眼如烟。且怀憧憬，静候佳缘。盼岁常宁，福常绕，梦常圆。

● 胡晓军

乙巳咏蛇

去岁龙之子，神通百不如。
望云心已怯，卧草体方舒。
行曲藏真止，眠寒待暖初。
人憎其丑恶，美善孰知欤。
善恶相生，美丑相成，龙蛇相随，歌诗相和。

● 刘　觉

甲辰迎乙巳

先辈善审美，斯文龙蛇因。
会意实思性，象形何其亲。
甲骨金篆隶，楷行草新新。
书画皆一律，字字见真淳。
数据大时代，艺海无涯津。

● 莫　霞

乙

巳

甲辰岁末黄山观海

一夜浓愁积重雾，晓来耀日照天台。
才观摆尾蛟龙去，又见灵蛇吐信来。

● 张青云

新

元旦晨起口占

咏

搴幌迎清旭，濛濛暖雾开。
绿回原上草，红绽陇头梅。
世事销瑰意，年光砺隽才。
唯欣诗笔老，落纸渐雄恢。

● 黄福海

甲辰腊月咏蛇述怀

春秋长代序，渐觉比年稠。
才隐潭渊日，旋惊角影秋。
松根身冷寂，岩罅体优柔。
朝拟藏真醉，暮随宗炳游。
临流思禹域，践草感隋侯。
方外时乘鹤，云间独狎鸥。

3

采薇常入梦，击鼓亦牵愁。
缚茧谁能逭，投罗自作囚。
负暄延性命，屏息远烦忧。
誓以神龟鉴，焉从肉食谋。

● 裘新民

甲辰岁阑试咏乙巳新年

喷云出穴俟灵游，斗转参横看九州。
气象连绵收霹雳，风情瑰丽续春秋。
拓轩词慢神三尺，鸣善调双龙两头。
天下万般如赋水，分明一曲一优柔。

● 茆 帆

乙巳新春岁朝

春回景福天，转瞬又蛇年。
放眼山河丽，着心口味鲜。
红尘随处好，青史画图传。
我欲欢歌起，飞觞舞正翩。

● 陈繁华

回文诗·送年复句

年送冬寒冷惯经，肃风霜柳叶零星。
传情雅社吟时入，阅信微群见处停。
篇首展眉须鬓白，笔余寻骨韵山青。
弦生乐逸蛇龙替，先贺君康福满屏。

【回文】

屏满福康君贺先，替龙蛇逸乐生弦。
青山韵骨寻余笔，白鬓须眉展首篇。

思曲吟长

4

停处见群微信阅，入时吟社雅情传。
星零叶柳霜风肃，经惯冷寒冬送年。

● 许丽莉

过乙巳新春

不歇驱车三两刻，远郊农舍近跟前。
长堤沙地无烟火，小屋门廊有贺联。
瓜果围炉凭旧历，饼糕烹饮说新年。
花狸争食清枝下，六朵红梅正画妍。

● 钟 菡

乙巳蛇年新春诗记师门雅集并写别绪

试向东风借一分，翩归万里定拿云。
花开尽岁相逢处，酒暖明朝不见君。
愿报随珠衔远路，谁驱巴虺漫妖氛。
此间诸事多惆怅，短浅心头难入文。

岁末蔡师兄远道来沪组织师门雅集，老师、师母、诸位师姐
同至，席间谈笑如在少年时，亦叹俗事冗烦身不由己。倏忽又别，
多生惆怅。蛇年将至，因用随侯珠、巴蛇典故，以隐。

● 杨毓娟

灵蛇吟

悠游草泽悄无声，隐约山林斗折行。
万载潜修得灵气，几番蜕变始新生。

● 金嗣水

蛇年咏蛇

口能吞象腹能融，以曲求伸也作雄。
绝壁行军无骨相，幽林制敌有神功。
情柔离合仙人气，剑断阴阳高祖风。

乙

巳

新

咏

余悸麻绳杯里影，苦修千载得玲珑。

● 汤　敏

虞美人·蛇年贺词

红联福字蜡梅赞，年夜团圆饭。迎来乙巳瑞云开，锅碗瓢盆响起乐声来。　青山绿水愚公在，大步如飞迈。繁花境界遇双春，听曲金蛇狂舞跃初昕。

● 刘笑冰

乙巳新咏

梅上折痕疑旧迹，金蛇当值已潜来。
静蟠默守平安岁，狂舞根除病崇灾。
姿美人夸婀娜态，性灵我慕自然材。
得沾瑞气正春好，快意新诗对景裁。

● 侯建萍

迎新春

光华万道天开眼，一笔书来送乐悠。
挂树彩灯新气象，推门好句亮秋眸。
蜡梅红果迎风笑，柳叶金鱼顺水游。
坐卧随心真有趣，过年添岁梦无忧。

● 李建新

西江月·新年

腊雪方辞旧历，春风又启新程。屠苏香漫意盈盈，蛇舞纷呈吉庆。　去去千愁渐远，欣欣万象俱明。丰衣足食享承平，便是人间仙境。

思

曲

吟

长

蛇岁新章

瑞气盈门辞旧岁，祥光焕彩启新篇。
梅开数点凌霜志，蛇耀一朝中国年。
且借春风通富路，好将笔墨绘宏川。
山河日月皆为序，奋楫扬帆勇向前。

乙
巳

为乙巳年作

草木滋生气，人间冰雪消。
灵蛇开逸势，蜿转斗春娇。

新

生查子·乙巳年吟白蛇传

故事说蛇精，情库如开闸。世上辨忠奸，千载
谁能答。　畴昔在西湖，和尚施魔法。为救许仙
郎，敢破雷峰塔。

咏

渔歌子·乙巳

驾雾腾云冠帻来，升卿高唤喜颜开。霞万道，
闯天涯，金蛇狂舞乐盈怀。

蛇年咏蛇

头角兼无甲护身，龙于天上谪凡尘。
行藏从此依时动，苦久冬眠望立春。

● 彭　宪

甲辰岁晏浙东辞旧行并喜迎乙巳新春

岁晏龟蛇动，刿中风景新。
韬光问安石，寻隐感嘉宾。
几度东山起，一朝天下春。
微躯不辞任，争作早行人。

● 龚　霖

蛇年将至忆鹏城蛇口送别

蛇口晴云一水涵，每当回想有回甘。
渡船去后琴声杳，堪记横屏那片蓝。

● 安利群

贺新春

气和寒减潜鱼动，海阔天空雁字横。
斗转龙蛇随候变，风来梅柳向春生。
且将画笔描金玉，再以新诗启锦程。
年夜赴京欢乐聚，阖家守岁醉瑶觥。

● 林在勇

敬和伍伟民老师乙巳贺年诗

旧岁冬寒今夕尽，行年大吉见升卿。
尔来曲折一心守，此去纷繁千变衡。
诗共梅开宜遣兴，老随春到不伤情。
平生自爱七言律，花甲长居五字城。

● 张恭春

乙巳正月初八再吟灵蛇

参差草色渐分明，律唤冬眠蛇启程。

能屈能伸凭自在，活灵活现得重生。
性狂张口堪吞象，血冷柔情不作声。
乙巳新天春意闹，横空出世鬼神惊。

● 杨绣丽

蛇年春咏

灵蛇焕彩耀申城，浦水回澜紫气萦。
小岛烟花辉夜月，乡村鞭炮唤晨莺。
墨联盈案祈年稔，诗稿临屏待玉成。
天堑通途连海宇，东风万里启新程。

● 蔡国华

新岁抒怀

乘雾腾蛇喜降临，三山五岳报佳音。
蛟龙高铁新诗咏，北斗天宫美酒斟。
斩浪扬波俱绝域，穿云带月别胸襟。
弦歌乙巳不渝志，自爱当如百炼金。

● 张培连

迎春感怀

巳蛇灵动百川迎，一蕊梅香万念生。
情系家山情九转，梦牵社稷梦三惊。
斗斋常醉汉唐韵，星际频传天地声。
白发萧疏风骨在，前途漫漫老驹鸣。

● 钟　敏

辞龙迎蛇

梅边吹笛辞龙去，喜庆蛇年好运随。
屋里高堂欢令子，筵前馔玉馈孙儿。

飘萍此刻迟羁旅，归客今宵少别离。
愿醉家乡醇米酒，春回华夏唱新时。

● 阮望兴

新春抒怀

春回大地暖阳生，绿野芳菲拂面迎。
细柳轻摇浮翠影，红梅初绽夺先声。
吟诗度曲心怀爽，对酒当歌意气清。
愿借东风舒壮志，扬帆逐梦启新程。

● 付金凤

辞岁迎蛇

岁末钟敲催过年，繁星璀璨耀长天。
梅开寒日香盈袖，竹舞霜风影弄弦。
龙去欢声犹未减，蛇来瑞气已初传。
双春闰月光阴好，且待神州绘锦篇。

● 李树峰

新春感怀

好雨知时洗世尘，山河摘锦画图新。
龙腾去岁风烟远，蛇舞今朝天地春。
家国藏胸情耿耿，文章回首意陈陈。
枝头梅蕊馨香透，最是韶华不负人。

● 颜根坤

除夕迎新

倏忽光阴又岁穷，喜迎佳节坐春风。
震惊爆竹柳丝乱，舒卷对联梅粉红。
白发增龄谈健体，黄髫添齿议开蒙。
团圆除夕祈安乐，钟响跨年传碧空。

思

曲

吟

长

10

乙
巳

新

咏

● 宋 萍

新岁感怀

一元初复始，犹见岁寒凉。
竹影摇风翠，梅花破蕊香。
内涵新梦想，志竞旧时光。
古意书中得，诗心笔下章。

● 张成和

满宫花·新春得句

年临门，春入院。乙巳盛装谋面。烟花绽放耀
团圆，华夏举杯欢宴。　　借东风，成所愿。谱写
金蛇坤典。灯笼高挂景交融，万里城乡光绚。

● 孙余洪

灵蛇起舞迎新春

灵蛇起舞瑞光照，漕韵春生喜气收。
农历甲辰辞万户，公元乙巳载千秋。
联欢夜晚亲情暖，陶醉团圆雅意柔。
黄浦松江盈故里，东风送福满神州。

● 蒋海萍

乙巳迎新（新韵）

疏星数点岁华残，旧火将熄夜渐阑。
瘦影依窗思过往，微光破雾唤新年。
且随旭彩驱寒意，更使金波绽丽颜。
乙巳开篇寻胜景，心怀绮梦赴山川。

11

觉群杯赛

太行胜游歌

太行兀兀饶奇状，拔地一万三千丈。
层峦高与九霄通，吞纳乾坤森万象。
晋冀中分缘此山，修途迢递色斑斓。
众流东去催云合，叠嶂北来迟雁还。
北来叠嶂自京甸，南入中州感物变。
天地氤氲瑞气浮，山川历历相隐现。
关塞迢峣锁八陉，花发千岩似画屏。
突兀峰峦浮野色，村郭人家倚青冥。
霏微碧树撑云表，远岫生风云缭绕。
好山宜向雾中观，因识此山天下少。
首阳一柱势峻嶒，欲访夷齐策杖登。
蹬道摩霄通一线，岭上云堆知几层。
山巅秋气冲牛斗，山花织锦为谁有。
采薇采薇一曲歌，名共兹山长不朽。
穿林入谷为寻真，却喜双眼见来新。
车流声中南北客，青山影里古今人。
林花涧草漫无际，云间归路水声细。
几处晴峦隐华构，点缀江山成绮丽。
绮丽人工助化工，夕照丹青凡几重。
林泉滋味烟霞气，漫向深幽一探穷。

● 伍蔚冰（四川）

剑门关怀古

千山峭壁立如屏，万壑松风杀气生。
锁钥年深安蜀汉，君臣日久惯歌笙。
武侯竭虑锦囊在，伯约殚精方略成。

讵料雄关无战事，魏师已报渡阴平。

● 孙金山（山东）

八声甘州·张掖

望长空孤雁过危楼，一曲唱甘州。看无垠瀚海，黄河黑水，云卷云收。横亘祁连山脉，气势壮千秋。嘉峪雄关在，永固金瓯。　　试问谁经此地，忆嫖姚白马，老子青牛。万里丝绸路，重镇锁咽喉。走廊开、接连今古，踏歌行、客旅乐来游。夸张掖：物华天宝，塞上风流！

● 赵雪峰（吉林）

太湖行

太湖三万六千顷，七十二峰缀青琅。
下瞰珠盘星点点，横驰鼙鼓激汤汤。
吾为心仪一夕至，命驾轮舟济沧浪。
风臣先遣消尘障，趁逐穹庭霞满舫。
鸣舷不乏鸥鹭属，与吾同振白羽裳。
灵禽为主人皆客，各向洲屿感浮凉。
鼋渚探波疑欲去，三山瑞气非寻常。
樱云映天犹照水，石风穿阁复登堂。
七桅衆船停羁旅，重重花阵催黄粱。
摇曳心旌一饮啄，逡巡世路两参商。
醉时若问何所得，偶拾琐屑充奚囊。
醒时若问何所遇，仙迹杳杳空亭廊。
谁见昔时玉虚境，此际俨如明月乡。
不尽白云潜流水，大梦还来澡素光。
多少先去后来人，一一湮没春秋章。
蕞尔行台接浩渺，俯仰六合思茫茫。

● 王秀华（辽宁）

镇江甘露寺

名戏闻来久，登临自此秋。
云开大江阔，日落片帆收。
易世幻苍狗，听涛下白鸥。
楚吴今一统，谁复问孙刘。

● 李如意（浙江）

登北固楼

百尺楼头快意生，寒催日隐大江鸣。
频添海气连云气，尚有滩声杂橹声。
万里登临梁武迹，千年邂逅稼轩名。
我今到此逢甘露，不负春风只一程。

● 严维哲（上海）

古籍所四十周年感怀诸友同赋

泮宫肃穆绛帷深，卌载弦歌尚有音。
梦寄芸编香未冷，经传瑶轴岁先侵。
移文曾洒铜仙泪，问字难磨铁砚心。
目断征鸿倍惆怅，澧兰沅芷共沉吟。

● 李伟亮（河北）

沁园春·登东华山

缭绕祥云，参差翠柏，满路松涛。正猿鸣涧外，同谁对语？霞流寺角，与我相招。灵鹫形飞，禅宗脉远，千古名山仰止高。层岩上，有天桃万树，红衬丹霄。　　尘襟踏过溪桥。把俗念、随缘一例抛。看盈阶日影，意多恬静，侵衣草色，韵自逍遥。小憩回眸，徐行倾耳，渐觉清风到鬓梢。霜

思

曲

吟

长

16

钟近，和声声梵呗，撩动心潮。

● 胡振遐（上海）

淀浦听晚

遥闻对岸振金声，羞得秦楼凤不鸣。
玉鼓瑶琴并风起，吴歌侬语共潮生。
虽无秋月汉宫照，却有霓裳耳际萦。
一曲琵琶玉盘落，纵非司马也关情。

● 王志刚（北京）

登多景楼

高楼独上雨初晴，水色山光入眼明。
吴楚影分江练白，金焦风动海螺轻。
坐看台殿生春草，笑指帆樯入玉京。
却羡矶边垂柳下，一竿谁钓润州城。

● 张德新（黑龙江）

咏黄鹤楼

大江一去涤千秋，多少波涛映此楼。
豪气正如吴楚阔，高怀且共古今幽。
欲题家国诗常在，但领兴亡势不休。
万里风云皆入目，惟将心愿注金瓯。

● 张德志（山西）

夏日有怀

虚庭独坐暮云深，叶底清蝉恁自吟。
默感尘缨生鬓雪，空怜野趣入怀襟。
时艰枉作悬刀梦，岁老徒增抱犊心。
唯有诗编堪晤语，持身物外对晴阴。

觉　群　杯　赛

17

● 刘　华（重庆）

咏文天祥

邹鲁文章此一人，崖山梦断更无秦。
平生许国宁辞死，乱世安邦岂顾身。
莫使九州荒事业，但求百姓乐天伦。
匹夫自古多忠义，君子从来不贰臣。
回首零丁悲故土，当歌正气恤斯民。
丹心可鉴情千缕，赤胆能彰力万钧。
长目秀眉休负我，高怀壮志未逢辰。
篇篇带血宋元史，飞雪攀头历历新。

● 杨　杨（北京）

张家界宝峰湖对歌

岚烟散去淡如无，闻有山歌相与呼。
忽觉微风吹皱处，一湖山影待人扶。

● 吉铁兵（辽宁）

暗香·南浔古镇

暮烟弥漫，并水光洇作南浔秋晚。石巷幽深，走近明清古桥畔。铃语被风遗落，悄拾起，仁于河岸。浑忘却，今世多长，前世有多远。　　幽婉，尚缱绻。恰几盏红灯，楼头凝盼。似谁倦眼，痴守千年那初恋。吴调飘于波上，被柔桨，荡成涡旋。合月色，同谱作，宋词一卷。

● 梅运莉（安徽）

壶中天慢·雪遇敬亭山

踏山寻梦，正长空舞絮，群峰时现。缥缈沈烟萦秀岭，静美风光如幻。树树花开，阶阶银裹，步入仙人殿。陶然清赏，撷来佳景一卷。　　应念谢朓青莲，孤怀独坐，相看何曾怨。或有诗心多浸润，许我红尘无倦。崖际寒梅，石间劲竹，今抚姿犹曼。幽情难释，小词书写深浅。

● 邱俊杰（甘肃）

临江仙·在乡寄人

一棹秋波何处，千山过尽星云。明明明月是君身。吹风衣胜雪，一笑便成春。　　减字小词难寄，料谁独倚孤村。沉沉沉梦念吾真。飘然旷野处，寂寞陇头人。

● 杨晓航（云南）

念奴娇·游大唐不夜城

喷泉流韵，幻华灯霰尽，珠光千缕。锦绣开元重入眼，满目琳琅无数。绮阁争辉，琼楼斗彩，坊市皆如故。大唐风景，不知愁在何处。　　回首盛世长安，谪仙狂客，妙笔生诗赋。汉服擦肩人掠影，竟是青春男女。环佩摇歌，琵琶弹梦，彻夜霓裳舞。谱成词曲，一声穿越今古。

觉

群

杯

赛

海

上

诗

潮

● 汪涌豪

日　日

日日寻诗苦未休，结丝千绪怕登楼。
端居歌彻因凄怨，羁旅吟余为薄愁。
向夕风张知骨重，过寒月冷感年遒。
瑶窗翠湿慵难整，坐叹时移到海陬。

● 胡晓军

微　笑

眉眼齿唇间，天生不必学。
概非有意为，最是无声乐。
心善水恒滋，人和风惠渥。
万钱莫惜之，藏失谁能觉。

老子曰上善若水，水善利万物而不争、处众人之所恶，故几于道。李白《赠崔司户文昆季》有句："才微惠渥重，谗巧生辎磷。"

● 张青云

张淑琴教授见示崇明岛寓庐摄影，为题一诗

海雨冥冥湿绿芜，苍茫螺岛郁难苏。
写生欲倩荆关笔，绘出烟郊野屋图。

与"苏松雅集"诸师友谒松江董其昌艺术馆

峰泖含英处，岿然耸此楼。
鸿才齐海岳，峻望镇山丘。
翰墨尊双绝，声诗据一流。
虔持秋菊荐，余馥绕岩陬。

思

曲

吟

长

松江泗泾镇开江中路谒"马相伯故居"敬赋

淡黄斜照下高檐，国士威仪此拜瞻。
寿相俨然生鹤发，慈容依约映修髯。
蕴奇学苑英风著，拔萃儒林化雨沾。
日月光华今复烨，千秋荐藻亦庄严。

日月光华今复烨：马相伯先生乃复旦公学（复旦大学之前身）
创始人，此校名出自上古诗歌《卿云歌》："日月光华，旦复旦兮"。

● 戴家鼎

海 上 诗 潮

咏 霜

青女晨光顾，冬蔬受众夸。
香甜牙齿爱，利好万千家。

司马迁著《史记》

少年游学历江湖，太史中书路坎岖。
敢直言为良友辩，违君意被汉皇拘。
身遭屈辱尤宏愿，忍受奇刑亦丈夫。
无韵离骚传后世，千秋彪炳德功殊。

江城子·元宵

兔升乌坠两头红。点灯笼，映星空。欢庆元
宵，思念共相融。天宇寰间同此愿，祈国泰，祝年
丰。　江南江北月华浓。喜心中，畅怀胸。党政
军民，气正漾清风。盛世欢歌黎庶舞，圆夙梦，建
新功。

● 章斌权

水调歌头·冬日感怀

秋瑟抵冬日，黄蕊近清残。叶黄街树凋敝，惟

23

见现清寒。落日悄然消去，一路行人稀少，急速进家安。道上渐宁静，群店罕人观。　　已年底，皆在问，可心宽。弟兄共庆，职内挺过几多难。人到蛇年欣喜，又可施呈绝技，只待尔封冠。但愿天擎我，直跃顶峰峦。

一剪梅

千百军人赶路遥，眼望梅林，此刻心焦。曹刘煮酒论英雄，风雨飘摇，指点当朝。　　高洁身姿令众骄，思也云霄，念亦仰韶。春风烂漫百花开，它却身消，溢尽香飘。

● 葛贵恒

元旦试笔

星移斗转回头见，物阜隆昌又一年。
福启在前今元旦，新猷愿景更超前。

咏　雪

六出飞花说亦奇，在天狂舞是迷离。
随风入室潜书案，乐了吟笺免索诗。

咏迎春花

寒凌枝翠劲犹遒，卉若金星饰满头。
待得迎来春气暖，一身新绿亦风流。

● 薛鲁光

冬　韵

弄雪携风尘外啸，浮舟出旅嗅梅香。
孤村窖满冰凌迹，陋室茶温屋栋霜。

思

曲

吟

长

犹喜青松吟碧野，岂愁古柏论沧桑。
皑皑一色海天阔，作伴冬云好返乡。

芦　花

在水兼葭犹袅娜，碧涛拍岸衬幽芳。
白蓬入夜释青霭，喜鹊吟晨念故乡。
雾起芦花路难觅，药施根笋病休狂。
月光泻照娇君态，疏影烟霞狄渚香。

沁园春·五粮液

酒类奇葩，玉液琼浆，曲水流觞。拜少陵品赞，水形火性，三江源澈，脉秀经刚。臣圣通欢，狐仙共享，孟德排忧吟杜康。觥筹错，喜胡笳奏乐，不醉难商。　　宜宾自古芬芳。自北宋、有姚氏酒坊。怅色杯争玉，厚而不浊，白云生谷，辛且弥香。华夏泱泱，冻醪淌淌，酒好还需糟酿香。世遗产，借庭坚诗赋，粮液驰疆。

郦帼瑛

临江仙·金陵

最是河畔三春柳，俯身探访兰舟。琵琶独抱女清幽。半遮粉面，望断古城楼。　　无波古井乌衣巷，旧时王谢消愁。白驹过隙几春秋，秦淮八艳，何处又风流？

点绛唇·杭州

痴恋江南，虎跑龙井琼浆啜。西泠吟雪，疑似西厢月。　　唐琬陆游，错失襟袍拂。珠泪抹。钱江潮阔，梁祝双双蝶。

虞美人·扬州

扬州十里琼花路，鸥鹭争相渡。天然仙子美芳容，妙法清池菡萏、满塘红。　五亭侧畔西湖瘦，情醉何须酒。玉人明月入冰壶，责令板桥改写、不糊涂。

● 金嗣水

秋　兴

淅沥一宵雨，萧森万里秋。
村醪犹味熟，晚稻已机收。
竹径摇黄菊，芦湾戏白鸥。
庭园弄蔬果，胜泛五湖舟。

贺中国春节申遗成功

户户桃符换，家家爆竹声。
频年多客梦，此日最亲情。
游子三春意，归人万里程。
八方同席宴，四海举杯迎。

暮年逸趣

遐龄逸趣学提孩，玩罢抖音眉眼开。
种菜莳花临野水，烹茶赏菊倚庭槐。
心闲看雁一行过，兴至邀朋三二来。
白发权当巾锦帽，个中况味不须猜。

冬　晓

朔风吹面有些凉，忽见天边鸭蛋黄。
最是塞鸿人字阵，初心不变向衡阳。

思

曲

吟

长

26

游芦荻洲

冬日漫游芦荻洲，清溪碧水戏银鸥。
莫非哥俩多忧患，尔白头看我白头。

● 黄唯君

曲　巷

曲巷偏幽人自在，描妆半面画新阴；
三生桥上斜阳映，才觉乡情慰老音。

秋　行

秋风翦水青云薄，晓看枫红染褐瞳；
向暮同行归梓里，才知月色古今同。

青玉案·一叶珠

雁风吟袖凌波处。一叶报、秋天暮。水落
萍身空对树。花留不住，青留且住。形貌还清
古。　　素珠坠入终归去。懒闲事、书眉谱。百雀
鸟鸣能作赋。聆音成趣。希音得趣。影动如星雨。

● 王盛宗

读张万锠老师临黄庭坚金刚经节选感赞

金刚经主世虚无，般若危高是六如。
武曌写经千佛洞，庭坚临墨香光书。
郁苍灵秀超拔俗，禅意真知悟净舒。
锠老敛雄参笔意，可堪日月美芙蕖。

永遇乐·厨余望宇宙

阳逼池塘，绿侵窗牖，云影沉璧。蹒跚鹁鸪，

海

上

诗

潮

倦飞蛱蝶，坪草除又苗。晨忙厨炊，盘盆打理，妪腿杖扶能弼。月余来、愁疲渐小，吉祥每时参佛。　　南窗午憩，遥思天渺，宇宙无边无尺。无限膨胀，均匀平坦，深广无由测。丛繁星系，平行宇宙，暗物暗能弦则。思无涯、尘埃不屑，亿年一戾。

● 胡洪瑞

浪淘沙·参加纪念新四军组建 87 周年活动有感

申浦忆当年，烽火征烟。铁军东进势无前。八十七年风雨路，斗志昂天。　　浩气映心间。功绩恒延。荡夷荆棘换新颜。今夕魔都繁盛景，告慰英贤。

● 吴祈生

春日放怀

老人春日亦多情，心似青潭见底清。
花暗溪桥花影晚，月明渔火月波平。
烟霞雨后成诗意，梅柳风中入赋声。
白发相期应动色，怜山恋水放怀行。

夏日即兴

三春草木恋幽芳，首夏光阴日昼长。
柳岸远灯林影静，莲塘柔橹水声凉。
风蝉隐叶鸣高树，画扇吟窗映夕阳，
满径香痕梅子雨，诗情一醉梦红桑。

苏幕遮·踏春

柳丝垂，桃萼嫩。漫步郊原，日暖徐风引。久盼晴光田野粉，翠色盈盈，园里春声润。　　蝶寻芳，莺语问。唤起花魂，霞满红潮印。东帝同游情不尽，几缕清香，笑带春光韵。

● 陈彦秀

水调歌头·又闻先生吟诵

月华照书院，风暖拂儒冠。且听吟咏声起，灯火映苍颜。雅韵绕梁不绝，两袖清风也悦，谈笑诵诗传。玉口珠玑吐，胸臆锦心篇。　　转红楼，穿幽径，步蹒跚。传经授业解惑，雅乐颂班班。无问功名尘土，但愿李桃满院，芬馥满燕园。一曲高歌罢，天地共悠然。

● 王令之

新年心情

初心永抱染明霞，锦瑟流年意未奢。
跨岁梅妆轻蕊美，催春更著满庭花。

新春归里花絮

小试新声平仄美，乡愁长短句中寻。
人间如梦令还在，我向钱塘江上吟。

参加CCTV4节目，与故乡诗友互动赏读《人间词〈如梦令〉》。

早年聆听叶嘉莹先生说老杜《秋兴》

古有秋兴升气韵，大师讲座几回吟。
高怀感发篇中见，纵论研思律里斟。
复旦文庠追夙意，南开雅寓叙宽襟。
八章受教嘉陵侧，说杜分明拨素琴。

● 钱建新

新岁寄怀和孺子牛

跨年之际笔友赠诗庆贺，遂步其韵和之回赠。

悠然同趣贺新岁，岁月安康祈甚休。

海

上

诗

潮

29

休道养生如幻梦，梦游穿越几回眸。
眸凝老骥比青壮，壮志未酬何去留。
留取沧桑存紫气，气雄山水共优悠。

乙巳初六历险

马日凌晨起夜时，楼梯滑倒岂能知。
挫腰裂腿还清醒，仰卧愣神怨白痴。
坐起察查无大碍，骨椎侥幸未伤移。
蛇年难道被蛇绊？衰老期期面涉危。

乙巳初六（马日）凌晨四点半起夜，不慎滑倒，幸无大碍。
随感一阕记之。

● 胡振遐

中国新名片——高铁

莫说江陵一日还，昆仑欲去路通天。
河如银练山如砺，车似游龙云似烟。
谁向上苍叹蜀道，我乘高铁过秦川。
乘风列子欲相问，只是君来难比肩。

元　宵

节到元宵万象新，华街五彩气氤氲。
水含碧玉走云影，灯弄游船渡玉津。
明月照人人似月，美人看月月如人。
嫦娥仙子舒长袖，天上人间同报春。

蛇年咏蛇

一夜辰龙变小龙，小龙春到勃然丰。
且看瑞气盈千户，更喜霞光映万瞳。
数九曲身藏厚土，新年载梦赴苍穹。
莫言此物能吞象，给片祥云可御风。

● 刘喜成

沉痛悼念叶嘉莹先生

叶落南开泪落天，先生美誉蕴心田。
高擎骚帜情怀远，雄立文坛笔迹全。
警句条条诗两岸，藏书处处画千篇。
如虹功业炫华夏，一代嘉莹万载传。

● 林在勇

海

上

诗

潮

咏廿四节气立春之一

岁岁无端太岁临，教人从俗系红巾。
寒温半合阴阳数，天地都来微妙春。

咏廿四节气立春之二

似见早花萌有神，又闻暮雀噪喧呻。
物情隐约初开岁，天意分明正立春。

咏廿四节气立春之三

天官抖擞长精神，新岁相逢万象新。
看似花应方得气，想来人也正当春。

● 胡中行

敬谢觉群诗赛评委诸友

诗似长江滚滚来，糊名分拣杜门裁。
删存上下四千首，选定高低十八枚。
不是云笺定沈宋，也应佳作感欧梅。
诸君且等开怀日，醉把奖杯当酒杯。

● 觉　醒　胡中行

水调歌头·觉群杯赛

红日照禅寺，又是艳阳天。觉群杯赛风起、云涌卷连年。咏遍春秋风物，赏尽中华美色，佳作一篇篇。律绝古词曲，能不叹其全？　　诵声美，歌声亮，满场欢。主持妙语、尤似莺舞百花间。台上金杯闪烁，台下高朋满座，拊掌动梁椽。但愿来年会，好景更无前。

● 曹　旭

贺首届觉群杯诗词大赛

玉佛拈花示法天，觉群振铎启吟缘①。
四时风物开诗眼，八极河山入彩笺。
塞外彤云飞笔底，江南烟雨泊吴船。
今朝老凤贺雏凤②，同写中华锦绣篇。

① 觉群诗社社长胡中行教授在复旦主持《诗铎》杂志。故曰："振铎"；而终成此首届觉群杯诗词大赛之缘分。
② 新老诗人济济一堂。

● 林美霞

觉群杯赛颁奖典礼

四时风物赏中华，大美歌吟融百家。
最令全场沸腾处，聚焦二老敬鲜花。

陈允吉与董乃斌两位老先生均为当代学术界泰斗，出任本次杯赛终评委，颁奖典礼特设向二老献花环节。

● 孙　玮

贺首届"觉群杯"诗词大赛胜利举办

毕集春风再唱酬，相逢一笑浦江头。

思

曲

吟

长

32

胸中丘壑观千象，笔下烟云照万秋。
巨变因时须顿悟，禅心顺势自清流。
真情独守存诗脉，星火承传意未休。

● 吴　忱

敬祝觉群杯颁奖典礼

花发诗坛春色佳，觉群大赛到天涯。
别裁风雅三百首，舞袖歌声正入怀。

● 方笑一

海
上
诗
潮

贺首届"觉群杯"诗词大赛颁奖典礼

自古骚人多好音，幽情还寄短长吟。
入玄谐律耽佳句，端赖禅林雅道深。

● 黄福海

觉群诗词大赛颁奖

玉佛堂前集凤麟，江南盛会贺声频。
桃花半落繁灯雨，梵呗初开急鼓春。
妙笔精评金榜句，欢颜齐列玉台宾。
有情待觉期诗铎，般若光中礼法身。

觉群杯诗词大赛颁奖庆咏

古刹钟声绕殿悠，祥云瑞霭聚禅楼。
三千珠玉成新集，十万风骚汇碧流。
拈字为莲开胜妙，裁云作锦写清幽。
文光射斗牛星动，墨浪惊涛海月浮。
椽笔评章宣雅意，金徽耀彩映青眸。
今朝奉诵新诗铎，薪火传灯照九州。

● 范立峰

画堂春·贺觉群杯颁奖典礼隆重举行

百花争艳又春阳，四时风物芬芳。觉群楼里韵飞扬，共醉诗乡。南北骚人雅集，纵情歌咏辉煌。　今朝颁奖庆功忙，再续华章。

● 夏定先

一剪梅·"觉群杯诗赛"颁奖有感

参赛诗篇选上佳。秉持公正，岂敢偏斜。
高才十八获殊荣。着意欢呼，不觉叹嗟。
诗铎新编集大家。骚客词人，共泛仙槎。
来年索句再评优。风物长吟，盛赞中华。

● 石中玉

贺《海上论道——首届觉群杯诗词大赛》颁奖盛会

兰若钟灵绽萃华，觉群雅集漫诗家。
神来妙笔珠玑字，赋就瑶章锦绣霞。
郢匠精工承古韵，骚人辈出擢新芽。
春风泽润聚生气，风采长昭日月遐。

● 王可洗

小年随感（二首）

一

喜鹊登梅喊拜年，紫篮翅羽展春妍。
天清气朗安基业，最美桃源在眼前。

二

幸有诗书可偕老，缘无礼乐惜春鸣。

潺潺涧水屋前过，淡淡星云河面盈。

● 肖建民

偶　感

年终岁末怵盘点，鲜有玑珠奉世间。
莫叹鬓霜才已尽，且瞻驽马跃雄关。

咏安亭药斑布

放眼非遗举世钦，安亭布艺古今歆。
采蓝百担调浆料，雕版千张见匠心。
任意选挑皆素雅，随情裁剪遍知音。
坊间尤喜童真美，赓续前贤后浪涔。

● 蒋露银

即　感

细雨濛濛过万家，秋风瑟瑟冷乌鸦。
落花有意付流水，流水无情葬落花。

杂　感

黑夜未成愁，沉思独傍楼。
谁言富临贵，更似计和谋。
祸福由天命，荣枯无定求。
人生难是幻，万事决千秋。

咏　石

嵯峨峭壁峙苍穹，远近高低各不同。
凭对秋冬炎夏日，任其狂暴煦柔风。
女娲炼得补天阙，大禹疏成息壤功。

海

上

诗

潮

岩窟碑文犹永驻，每将身影耸云中。

● 姜 凯

迎 春

莫惜流年往事陈，小龙腾跃岁时新。
茸茸细草参差起，瑟瑟寒潮次第巡。
霜点枝头犹有橘，月悬窗外更无尘。
山川静待惊雷吼，一夜东风满目春。

声声慢·本历年

灵蛇献瑞，金龙收声，瞳瞳旭日新篇。扎红消灾趋吉，欲寄平安。诸事豁然顺遂，拜图腾，祈福高年。度好运、趁良辰嘉景，绮丽祥烟。　　八千里云和月，抬望眼、红衰翠减飘残。世路荣枯如梦，岁暮时迁。万物归尘幻化，古稀过、生死由天。正其性、守清心幽意，霁色无边。

行香子·新年寄语

昨日翻篇，新岁登程。且看那尘海云腾。寒梅绿水，好友亲朋。幸逢康时，常康乐，共康宁。　　灯前儿女，人间烟火，愿无忧体健安平。瞳瞳晓色，冉冉春荣。盼耳还聪，思还敏，动还灵。

● 端木复

临江仙·读古今蛇画六咏（选三）

任伯年《五瑞图》
大蒜蛤蟆齐入画，蟾蜍蛛网蛇观。蜈蚣百足共拼盘。世人称五瑞，墨彩送平安。　　百毒不侵添福寿，清新流畅毫间。中西融合线条妍。画平民喜好，师造化心虔。

虚谷《赤练蛇图》

海派奇僧书画怪，赤蛇常出毫端。挂垂古树叶枝盘。探头长信吐，回首吓敌还。　　恐怖狰狞形扭曲，一身纹彩斑斓。匠心独运敢尝鲜。一拳来去破，戏作古今谈。

王叔晖《高祖斩蛇》

乱世英雄谁敢挡，斩蛇豪气冲天。王叔晖彩笔花笺。汉秦朝代换，故事绘毫端。　　三尺剑高高举起，敢迎蛇怪当先。线描健劲色清妍。有浓浓戏味，看历史翻篇。

● 黄霁蓝

仰　思

晨光浮远山，静坐忘尘寰。
怀寄清风梦，情随孤鹤还。

德安雨意随想

水帘垂城郭，清雾绕山斜。
闲云随鹤远，独坐对烟霞。

踏青即目

绿涨春潭柳线明，花樱照影舞风轻。
忽闻稚语穿桥过，指点烟光总是情。

● 蒋海萍

青玉案·豫园元宵灯梦

豫园春夜华灯举，看灵蟒、蹁跹舞。瑞彩

37

金鳞光欲吐。蜿蜒游弋，腾挪逸处，恰似青云赴。　　曲桥漫踏波间路，灯影摇红乱星渚。仰首瞻观神念住。未知罗帽，清波悄渡，祈愿随心驻。

● 陆晓明

古华亭泗泾游二首

一

泗水扬波听古音，嵇康应赛抚瑶琴。
还为休运昌明事，一曲广陵涕泪侵。

二

江左古来三泾同，从游却讶塔崇雄。
高斋长巷多文气，殊异沛然烟火烘。

游后岸村

天台遥缈缈，后岸景堪留。
铁甲屏风映，溪云沃野收。
游人三五簇，农屋百千楼。
忽念寒山子，岩居伴鹭鸥。

后岸村：处浙江省天台县街头镇。铁甲：指天然巨岩"十里铁甲龙"。

● 蔡慧蘋

忆江南·华山五首

天梯（一）

华山道，上下一弦中。水渍纵横花峭壁，淡云一片挂前峰。茜草扎云缝。

天梯（二）

华山道，攀援上天梯。风搏惊魂人匍伏，云过

思

曲

吟

长

颤股鬼低啼。鸟迹绝东西。

天梯（三）

　　华山上，鸟道曲斜中。一线极天身侧上，三千绝壁足悬空。却敢上高峰。

华山索道

　　华山上，一线架前峰。斗曲车行霞客笑，刀皱斧劈大千风。前途雾濛濛。

北山峰小憩

　　华山上，小憩北山峰。石凳土堆云雾乱，温茶冷馍朵颐浓。黄叶飞秋风。

诗以送别

● 周文彰

沉痛悼念褚水敖顾问

少年文梦竟成真，出入朝夕福地门。
一笔清风吹不去，为翻卷帙寄诗魂。

● 林 峰

痛悼褚水敖先生

海上风摧百丈枝，霜天泪洒别离时。
忆中无数江南雨，谱作龙华刻骨词。

● 张心愉

沉痛悼念褚水敖先生

童真随褚老，诗意贵浓情。
不忘芝兰句，寒风噩耗惊。

● 褚建君

悼褚水敖先生

先生驾鹤西归去，沪上悲哀失大儒。
十载受熏频听道，感知真理有还无。

● 纪少华

缅怀褚水敖先生

海上诗坛曾领军，博知善引业精勤。
高风仍鼓千帆劲，雁字春声伴彩云。

思

曲

吟

长

悼褚水敖先生

可恨新年雪到迟，浮云依旧守空枝。
惜君别有殷勤意，只为随风化雨时。

诗

痛悼褚水敖先生

壹拾年前首面卿，论诗传语诲吾明。
吟坛巨匠何尤去？痛悼良师老泪横。

以

怀念水敖先生

笔精墨妙寄吟笺，咸被诗思一句牵。
每忆十年风貌在，文心的系爱神前。

送

忆褚水敖老师

别

惊闻长者忽乘鹤，只语微言忆大师。
过目皆为书院赋，来春籽落蕴新诗。

悼褚水敖先生

一鹤腾云南北惊，吟坛腊序咏悲情。
凡间挥手天宫去，黄浦江流平仄声。

痛悼褚水敖老师

赠诗嘉勉义千重，春在心头总动容。

惊悉先生乘鹤去，泪飞梦醒问仙踪。

● 杨立华

悼褚水敖先生

诗坛雅集时常见，妙语精言每有闻。
兀自新春盼新聚，寒风嗖嗖告辞君。

● 王　云

哭水敖丈

十载从君开绛帐，遗笺翻检作涟涟。
休云无那尘梁事，留恨何来向腊边。

● 齐铁偕

哭褚水敖先生两首（其一）

风骚坛上识诗家，十载唱酬兴未赊。
长叹浮生多聚散，最伤心处是龙华。

● 张心忻

沉痛悼念褚水敖老会长

吾失良师痛，风听泣泪悲。
围炉茶共叙，莲座偶从师。
补笔挥毫处，长空雁字追。
阴阳今隔断，心事有谁知。

● 俞光存

悼念褚水敖先生

殂殁去阴空，文韬旷世崇。
爱憎情欲表，贫贱利名衷。

吟社源泉涌，心怀脉路通。
一帘幽梦醒，几度夕阳红。

● 胡振遐

悼念上海诗词学会原会长褚水敖先生

何奈苍穹也妒贤，只为才气薄云天。
蛟怀梦境得佳句，玉出昆冈赋锦篇。
一入仙家深似海，五车文采化如烟。
何时再沐春风面，好与先生叙忘年。

● 赵建中

怀念老领导褚水敖同志

曾有朝夕相处日，梧桐荫下共漫行。
诗文曾绽千般姿，心底常蕴万缕情。
往昔慈颜犹在目，而今笑语已难寻。
几回梦萦屐痕处，独对空枝思不禁。

● 安　澜

沉痛悼念褚水敖先生

折戟诗坛众黯然，阴阳殊岸梦如烟。
千秋誉饮风云客，久颂吟翁气韵延。
人事已非升极乐，诗魂未远照临川。
几回梵馨催人悟，一曲安魂隔重泉。

● 胡　斌

悼怀褚水敖老师

文涌姚江出逸伦，四明山下玉兰春。
轩窗总见云帆远，几案常书墨色新。
名盛依然尊老骥，位高尤肯掖新筠。

诗

以

送

别

45

拂衣驾鹤登仙去，诗界从今少一人。

● 张培连

缅怀褚水敖先生

噩耗惊闻心碎裂，明珠塔泪洒长天。
一生立说传薪火，大义怜才效圣贤。
诗蕴辉煌光射斗，胸怀浩瀚气吞川。
欲寻懿德向何处，昂首高标泰岳巅。

● 林在勇

悼褚水敖先生

恍然昨日拜吴笺，诗册新呈长者前。
本欲交春偿旧约，争知贺旦作遗篇。
力微惜我弗能救，医乏回天亦可怜。
从此阴阳成隔世，再无唱和一年年。

● 胡中行

步在勇韵泣别水敖

新元难忘赠诗笺，互表深情兄弟前。
为解心头空荡荡，每搜来信读篇篇。
三回首处频抛泪，再鞠躬时竟自怜。
永记水敖柔似水，却留遗憾过残年。

● 杨绣丽

悼念学会首席顾问褚水敖老师

沪上诗坛泪潸然，水敖先哲别尘寰。
才情横溢耀千古，风骨高标映万山。
顾问遗音犹激荡，会员悲句已幽咽。
今朝挥笔悼前辈，明日新年再唱还。

● 林美霞

步林书记、胡老师韵悼褚水敖老师

虽不频频互赠笺，交情十载也无前。
云间度夏犹欢乐，吕四叙茶成旧篇。
老病缠身终得解，新元绝笔最堪怜。
文华未负青云志，诗界高风耀百年。

● 杨逸明

诗

以

悼水敖兄

曾扶吟社费心神，二十多年带路人。
涉水登山情义在，冲风沐雨肺肝陈。
盛筵难再同斟酒，雅集无从共咏春。
记得与君都慨叹，世间一切等浮尘。

● 孙 玮

送

步韵悼褚水敖先生

别

殷勤问疾每驰笺，噩耗惊闻乙巳前。
自此长疼抛病体，奈何新岁剩残篇。
心怀赤子真藏爱，笔念苍生总护怜。
一脉诗魂萦北大，谁言辜负忆当年？

● 李建新

沉痛悼念老会长褚水敖先生

噩耗传来惊诧中，诗坛顿失一吟翁。
昔挥椽笔才情显，每聚骚人志趣同。
话语常如春日暖，心神犹似月华融。
音容宛在思无尽，今读遗篇意万重。

● 喻 军

悼褚老

暌违数载稀鱼雁，不想音容成古人。
簪笔清华还昨事，流云驾鹤已今尘。
登程曾共闽东忆，载酒还须海上温。
远树寒天何可语？惟留诗月照前春。

● 蔡国华

哭褚水敖老会长

噩耗如锤碎我情，公行何遽赴蓬瀛。
诗河曾引同流渡，艺路长教慧炬明。
笑论江南圆绮梦，笔扬汉苑寄丹诚。
骚坛八斗仙踪杳，文宿星沉天地惊。

● 邵征人

逝 去

逝去元知万事空，遗身羽化入苍穹。
有诗相伴慰心态，无憾人生仰世风。
殇别前尊恩老丈，此今梦里又相逢。
今生只憾离家早，何欠亲恩无数重。

● 孙余洪

悼褚水敖先生

惊闻噩耗我哀伤，泪水双流哭断肠。
三九文林风不定，五湖漕韵路迷茫。
人生自古谁无死？世事创新天有光。
格律诗词如宝玉，社名匾在万年长。

思

曲

吟

长

● 安利群

敬挽褚水敖老师

忽闻噩耗胆心惊，忆昔哀悲泪雨倾。
小雪初逢拜名士，春分重聚赏花明。
高才高德虚怀举，如父如兄吐哺迎。
八桂堂前诗画论，福州路上笔书行。
推敲不断图君赞，指点连番助我清。
腊肉如今何处寄？新诗从此有谁评？
再无良友开怀笑，柚落人伤无限情。

● 刘喜成

痛悼褚水敖先生

寒风萧索响申城，海上诗坛洒泪声。
聚客耕耘推浪漫，播春拓展踏莎行。
博知有爱精神在，善引无私眼界明。
最是悲流如浦水，魂牵雁字暮云生。

● 陈曦骏

悼褚水敖先生

拜谒端阳竟永诀，悲唱薤露心将裂。
吟楼黄鹤五城去，诗国金瓯一角阙。
身后云随在山水，松梢雪映东溪月。
浦江潮韵声如海，夜诉先生道不绝。

● 王令之

哀挽老会长褚水敖先生

追忆昔年初入会，先生语我点迷津。
箴言千古文章贵，高论人间境界神。

诗

以

送

别

49

术养沉潜师脉远，德修清静范宗真。
燕园学长诗魂永，泣寄哀思向北辰。

● 裘新民

哭水敖先生

和弦记得到诗笺，欢喜铺张笔墨前。
文论含情张眼界，吟锋有哲写完篇。
自来古道肠犹热，亡失英才天亦怜。
更忆殷勤话珍重，叮咛一再惜流年。

● 薛鲁光

痛悼褚水敖先生

唱和歌辞刚绕耳，天传噩耗阻阴阳。
深耕北大良基夯，醉卧民间诗韵长。
曾指瑕疵惟汝盼，未闻英杰与谁狂。
音容笑貌恍今日，映荷华章代代芳。

● 李　环

哭褚水敖师

消息惊闻难信真，手机屏里急翻频。
语中多是觉慈爱，病后何曾言苦辛。
若谷虚怀来者敬，光风高韵众贤亲。
从今疑惑谁人解？一片梅香已入尘。

● 陈进超

哀悼褚水敖先生

噩耗惊来恸我情，仙踪何遽赴蓬瀛。
诗河曾引同舟渡，俗计频传慧炬明。
纵论崇乡详绮梦，遂巡沪上荐高卿。

思

曲

吟

长

50

前年讲事今犹在，欲寄余音泪泗横。

● 董德兴

痛悼褚水敖老师

国粹精研他日里，传承文脉见忠诚。
骚坛无计失梁柱，穷巷不堪流哭声。
雪赋英灵酬素志，读书风采济苍生。
黉门无福承天意，岂忘良师未了情？

● 顾东升

悼褚水敖老师

星光黯淡起悲风，竟折梅枝与鹤从。
那日吟声犹在耳，今朝瘦影悄离东。
台前授教千般秀，座上聆听满室红。
一揩诗囊西去远，纷飞韵律向长空。

● 王宝鸿

悼褚水敖先生

轻吟难忘韵之诗，敬佩言词美顺宜。
听课一堂明哲理，索文三载静常思。
今闻消息惊心语，拜别尊师溅泪悲。
永记功夫诗集外，再无新辑续年辞。

● 杨毓娟

悼念褚水敖先生

少年科第见非常，神采飞扬满眼光。
锦绣诗章多气质，高情逸韵热衷肠。
忽闻消息辞尘世，不禁潸然泪已行。
自古英才天亦妒，先生此去住仙乡。

诗

以

送

别

51

● 顾方强

步胡中行教授韵痛别褚水敖先生

凝心坐夜对吟笺，喜报新孙几日前。
作得中联求琢句，难猜世事接连篇。
惊闻噩讯爬微信，泣诉哀情念顾怜。
不忘先生宽厚嘱，骚坛致力尽余年。

● 韩文奇

痛悼褚水敖老师

未写华章列锦笺，曾蒙教诲在尊前。
同游往日宜兴景，纵论今人谢冕篇。
诗学难通还待解，人间易别足生怜。
通灵此刻非虚幻，感应阴阳年复年。

● 王丽娜

缅怀褚水敖老师

惊闻鹤驾瑶天别，痛悼诗星黯故园。
邺架遗珠光彩凛，书巢嗜墨德馨存。
曾挥椽笔追唐韵，每赋华章启墨痕。
郢唱阳春犹在耳，唯留锦绣念师恩。

● 邓婉莹

步韵悼褚水敖先生

无有仙鸾呈素笺，怆然提笔北窗前。
光华雅集春风意，巨鹿闲论秋水篇。
诗总关情多慷慨，文犹淑世更忧怜。
朱弦三叹遗音在，沪渎汤汤又百年。

送别褚水敖老会长——步林在勇胡中行诸公韵

平生清气溢诗笺，厉色笑颜犹目前。
不易童心诚赤子，为将哲力壮鸿篇。
兼评兼创因兼爱，自信自由未自怜。
此去余姚北大远，云途望断又经年。

诗

以

诗海·悼念褚水敖老会长（自度曲）

骚坛八斗谢世，诗舸九天登瀛。朔风瑟瑟，如针记忆扎心灵。廿载相交挚友情。　忘年待渡且行处，同舟击楫向征程。师大南山，古美江南，一起扶犁耘耕。先生去，诗坛泣，苍天惊。

送

仙吕·后庭花敬挽褚水敖先生

别

残冬数九凉，呼风哀啸狂。惊恸仙踪去，音容宛在旁。感恩光，沉沉思绪，离殇垂泪长。

沁园春·悼褚水敖先生

一卷嘉文，两行秀字，三次雅逢。那爱神园内，挥毫名贵，汇申席上，隔座言通。在此之前，于时亦远，官位文名即耳充。终真见，竟谦谦风度，蔼蔼颜容。　文坛海上群雄，执权柄关怀施几重。最陆星儿病，问医寻药；赵长天殁，纪德铭功。籍籍无名，平平贱作，我也闻知任泪瞳。今心悼，又犹疑鹤去，要觅遗踪。

53

● 焦开勤

临江仙·悼褚水敖先生

楚地遥闻沪上讯，惊悉贤俊西行。浦江呜咽悼者英。墨香凝旧卷，诗韵绕梁鸣。　　往昔群中常展艺，德馨才俊垂名。春风化雨润心灵。音容虽渐远，风采永留馨。

● 祝兵志

莺啼序·文苑星沉——痛挽褚水敖同志

残阳暮云惨淡，正悲风漫舞。望遗作旧迹仍存，往昔泰斗长去。想往日峥嵘，寥落浮沉，无改初心缕。念先生、心血倾浇，德馨长驻。　　岁月匆匆，诸多变幻，叹路途艰阻。更留得清名，浩笔平添妙语。忆音容、温言在耳，更诲戒、谆谆如许。到从今、遗范犹存，令人思慕。　　幽怀怎诉，泪洒笺中，且把悼词赋。阜阳事、操劳仍记，仕三番辗于途，躬耕尺素。今朝相阻，空余哀绪。黄泉碧落归仙去，剩诗文、呜咽经寒暑。申城泪浸，唯将哀恸深铭，任他滴垂尘土。　　遥观《言志》，《不喜》何悲，对卷愁注。叹有那，锦书盈，雅客迹形无处。期青史载贤良誉。酆府幽司，公畅然安叙。咏哦此曲声传古。感思怀离乱皆成句。仰高标俊雅文，遥祭英灵，浩歌天宇。

云 间 遗 音

【褚水敖诗词选】

题友人所摄长天春树照

晚云游太极，春树露春痕。
赖有清光透，来销万载魂。

元宵节感吟二首（其二）

风雨允当冷眼观，诗词意味世情阑。
元宵且待心中月，生暗生明仔细看。

兰亭书感

圣地羲之今又来，竹修鹅白动心扉。
由兹书法多营养，铁划银钩天地回。

琴　韵

每将心事付瑶琴，恐是天音接地音。
此曲人间惟一曲，新思不绝意沉沉。

无　题

恰值熏风渐劲时，幽情其实不宜思。
难期花树三春想，何为云天一味痴？
自笑书生情满纸，谁知梦境意无诗。
澄江且看朝何处，深水流深大地知！

春之在心二首（其一）

又值新花放纵时，联翩浮想转深思。
终消寒色方圆梦，正沐温馨必赋诗。

思

曲

吟

长

江绕山前水碧绿，风来天上雨真知。
欣观春在因缘在，万物由心运气滋。

天赐神州满地诗（藏头诗）

普通百姓亦深知，天赐神州满地诗。
同祝全民鸿运盛，庆逢朗日远图奇。
中兴早立先行志，国事重扬奋进旗。
梦里欣然多喜气，圆时又起百重思。

寄友人

华章绝妙识谁家，千里神驰见越加。
海上凭君增雅望，诗中任尔闪英华。
江山气派难辞酒，风月襟怀易恋茶。
多彩桑榆呈雪亮，清心自可理顽麻。

悟老子

鸿蒙未现独称尊，母性之门是道根。
空谷传声呼里应，浮云伴月默中存。
虚崇极致浑无迹，功达高玄自有痕。
蓬勃生机盈宇宙，心胸广大始能论。

回北大重逢学友

京华回望道峥嵘，白发同添意更浓。
惊觉人生归晚境，休言世事落虚空。
报家国处盈灵气，思燕园时论圣功。
伏枥犹明向前志，赤心千里起雄风！

千岛湖读书二律（其二）

冬日携《王阳明全集》去千岛湖，游兴浓而读书之兴更浓。掩卷沉思，成七律二首。

激赏风光未弃书，美文随景正侵肤。

心头情爱千头事，字里江山万里图。

深想此身非我有，绝知原地本其无。

莫言一切空空尽，天水春来注满湖。

注：借用苏轼词："长恨此身非我有"。

新拟寺韵诗并序

20世纪40年代初，山城重庆诗人云集，曾有首韵寺字而称之为寺韵诗者风靡多时。各界要员包括诸多文人志士如章士钊、郭沫若等竞相酬唱，顿时诗潮涌起，蔚为大观。寺韵诗虽为旧体，却是新倡，在旧形式中花样翻新；并且抒发真情，传播近事，因此问世不久，便引人瞩目。寺韵诗应属古风，但仿佛近体诗绝句之有机组合，如掌握得法，可使章法疏密有致，换韵自然生动，以致变化多端，摇曳生姿，能将错综事态丰富襟抱尽情抒描。寺韵诗不传已久，明珠湮灭，殊为可惜。今将当时众多诗作翻读一过，于频发感慨之余，不揣浅陋，次韵二首，以此寄寓情怀，抑或能昭示此种诗体神情之一二。

其 一

儿时散漫六度寺，此生未料恋文字。

而今笔墨憾差池，难哉世事辨同异。

几度明月忆蜀岷，青春意气辞阍阍。

热血衷肠见纸上，仿佛烈马未曾驯。

书剑飘零多少载，雄心勃勃仍常在。

崎岖坎坷犹遗爱，高似青山深似海。

作文每冀盖公卿，海外难惊海内惊。

嘉言终身须记取，淡乎利兮薄乎名。

其 二

春光又照静安寺，依旧街心呈十字。

却见容颜新转亮，如何至此不惊异。
大江至巨始于岷，不关佛语声闾闾。
蓝图指日化美景，惟有歪风犹难驯。
人生何苦忧千载，世事错综浩气在。
谁道东风唤不回，眼前花朵忽成海。
一片诗情赠与卿，将来变革醉魂惊。
东来紫气原无限，都市自然负盛名。

寺韵三唱

云

间

遗

音

周退密先生以新作《寺韵四叠》垂示，感佩其大雅大美，遂起兴奉和，欲紧步先生后尘也。

一、面对清声难落字

高流已有韵步寺，面对清声难落字。
服膺四叠蕴奇美，光照艺林见珍异。
缅想大江始于岷，万顷前浪最闾闾。
虚心若竹润笔墨，尊长为强我自驯。
诗以品论多少载，沙自淘去金自在。
前尘影事记犹新，好借云帆渡沧海。
此道非关公与卿，清音高歌天地惊。
佳作煌煌留后世，不求名兮却著名。

二、告辞公务免签字

退守家园别宦寺，告辞公务免签字。
几与渊明形相似，千年相隔神迥异。
愿为江浪重出岷，再弄新潮势闾闾。
晚霞不逊朝霞亮，亲近文字令温驯。
龙蛇笔走数十载，大器难成大志在。
不曾美玉黄金来，诗书相伴情如海。
往事悠悠说与卿，遇宠逢辱皆不惊。
来日犹多从容过，唯向淡泊觅声名。

59

三、心中大写有人字

自古守持本为寺，心中大写有人字。
重视精神多雅训，太息如今常变异。
我爱长江一出岷，浩浩荡荡更阊阊。
东去绝无西流日，滋润大地却和驯。
人心不测载复载，世事混沌纯情在。
留得真心度平生，江流曲折总归海。
莫计凡人或巨卿，境界高处风雨惊。
我凭日月映心亮，岂顾有无利与名。

和《题咏佛事五首》（选二）

胡中行先生遵陈允吉先生嘱，吟成《题咏佛事五首》，读之
频生感想，遂次第奉和，以寄心情。

一和《佛陀降生》

净水清清迎出世，先天白象蕴灵祥。
初行七步冲天地，终显三科法暖凉。
超度群生显智慧，独修正果绝荒唐。
几人膜拜曾细想：佛面因何着金黄？

二和《观音救厄》

祈求每见起凶蹊，普降慈悲筑大堤。
柔意满含甘后立，群生呵护必前提。
手持杨柳扶人倒，根伴莲花决鬼迷。
六字真言非在石，似男似女问诸黎。

秋兴十章（选五）

秋　晖

接天山郭雨丝丝，终见秋晖即见诗。
形象柔风飞动处，情怀佳日放开时。
韵因水润同心润，格伴峰痴是意痴。

陶醉斜阳苍翠里，长吟沥胆未知迟。

秋　月

常厌人间乱意侵，邀来明月慰秋心。
洗名利欲新辉畅，开玉壶怀朗宇深。
静伴孤云添激赏，柔依碧水化高吟。
婵娟应是闲情种，每使清襟绾古今。

秋　声

深山求静闹偏生，大壑难惊小鸟惊。
石阻幽溪波竞跳，云冲小道树争鸣。
应为收处常为放，欲见停时却见行。
低调惟推房后菊，神清骨秀总无声。

秋　气

偏自藏形见显情，秋高愈觉尔纵横。
诸般动静涵无有，一缕升沉决死生。
弱冠尝崇梅影淡，盛年尤爱菊篱明。
临风今更温常识：心若清时气必清！

秋　云

聚处消停散处邀，与秋同淡且同高。
身轻有意升天静，气壮无心比日豪。
时伴清风倾韵致，多由凉雨积辛劳。
如何学得真情性，助我长年晚节牢。

御茶园感赋

何处春光烂漫透？蓝天碧野相映秀。
御茶园内起熏风，采摘正逢好气候。
悠悠白云自在游，村姑坡上闪明眸。
纤纤十指流星走，片片嫩芽竹篓投。

争说姑娘外地来，转身生彩笑颜开。

上工专注静无语，休息山间闹作堆。

着绿穿红新蝶舞，入春有意绣芳菲。

分明天赐群芳画，迷恋游人竟忘归。

游人不识内中悲，茶女辛酸惟自知。

跋涉长途离故土。晚归早出岂差池。

可怜少女多心事，背痛腰酸日夜随。

更为家中积困难，难中之极不言传。

远奔千里卖心力，聊补穷家柴米钱。

劳累一天梦境驰：茶香弥漫万家时。

苦中有乐他人乐，腹有英华正气滋。

此处新茶已上市，这边春采犹无止。

清香缕缕沁家国，嫩叶山头依旧是。

宜兴御茶绿并红，"御红"内里显威风。

倘以此红比天下，御茶无愧数英雄。

诗人最爱茗茶新，眷恋"佳人"佳兴频。

笔下诗情无限情，新香新意绕新声。

眼前茶味人间味，生气生时感慨生！

注：御茶园采茶女多来自安徽、河南等地，为生活奔波而来。

上海南翔天问地答

天 问

古镇嫣然出崭新，游人顷刻尽疑真。

幸能望塔题诗雅，断可沿街识酒醇。

河道壮观真炫目，楼群细数自迷神。

南翔陶醉成天问：白鹤何时便省亲。

注：南翔镇早有白鹤从天而过渺无踪影的传说。

地 答

漫云无处无奇景，当觅芳华往日痕。

禅寺钟声犹贯耳，檀园水影总牵魂。

馒头真带清朝味，碑刻重开宋代门。
地上全新承老旧，书成一部古今论！

月华清·世博秋月

彪炳千秋，今宵凉月，气满情满神满。多少清辉，尽洒妙姿楼馆。人潮涌，分享婵娟；笑语迭，争言璀璨。望遍，爱银光流漾，相融画卷。　　休道良辰苦短，正大地新开，繁花重绽。此处文明，彼处五洲衣冠。只一瞬、铭记终生，朗润夜，风流悠远！宏愿：见天心澄澈，四时不断。

世博，指上海世博会。

爱月夜眠迟·故宫邀月

月太无私！处处同朗照，天地相亲。紫禁多感，骚人雅集，霄晖倍觉有神。柔光激起清情，催成笔思成阵，最舒心，状宫廷似画，金水如银。　　回想往昔京城，集文昭武烈，史载阳春。中秋无数去也，抬头圆满，怎比如今？纵然别有乌云，难遮夺目冰轮。夜深沉，新辉故事，长映诗魂。

桂枝香·银杏白果

每临秋日，眼前时常浮起故乡一棵千年银杏。秋风骤起，白果纷纷落地。落地之果一味静默，而暗中生机盎然，正为来年萌发新芽酝酿不息。感其欣欣生意，联想滚滚红尘，情不能已，寓于词章。

美哉丰果！明亮处，惊摇落风霜满。今日盈盈，祖宗历程悠远。蓦然众子蓬蓬起，是狂飙，尽情飞卷。土中深避，暗中孤寄，欲萌光灿。　　莫长喟、天时过半，孕新芽，岂知疲倦。激励人间：生气总应无限！秋心浩浩随秋水，识守望，身魂双健。登高瞩目：静江幽树，淡云征雁。

花发沁园春·春日激情

众鸟争鸣，嫩芽穷发，激情勃勃新起。江明两岸，日暖周围，抬眼尽为和美。祥云清气，长映照、生生心意。数过往、如此良辰，也曾衷曲铭记。　对景牵来深思，惜红花高枝，转瞬飞逝。闲看尽散，不道皆空，恪守志存天地。人生百媚，迎晚境、仍须磨砺。且待我，再度扬鞭，锦程尘去千里。

一萼红·夏日远志

见芙蓉，正纷纷绽放，把俊秀铺陈。大地阳骄，庸人欲极，无不装点红尘。此情景、混沌一片，倩谁问、何处出迷津？智者美心：守望底线，坚定人文。　水静方能澄彻，只向安宁处，营造精神。万里飞驰，千年遐想，依旧呼吸均匀。这意志，诚如清风，解酷热、沐浴夏中春。识得清明常在，天道常新。

破阵子·百年北戴河

今日真成仙境，当初仅是渔村。四处风霜人跃马，百载波涛气拥门，依稀往事痕。　大爱深浓持续，遗情雄峻还存。赢得滔滔青史泪，不负殷殷壮士魂。英名胜地屯。

2025 新岁患病书感

怕遭旦夕疾魔缠，讵料长疼入病年。
得意诗章从此弃，倾心谋划为今残。

道中吩咐宁中盼，身内盘旋脑内连。
豪气风华应俱在，蓝空雨后彩云天！

云

间

遗

音

诗社丛萃

【江南诗社作品】

● 张培连

怀战友

年少乘鸾上九重，扶摇云海御长风。
投鞭河汉势吞斗，亮剑沙场气贯虹。
怅望心随营帐远，眷怀诗伴泪花濛。
梦闻号角翻身起，欲揽月弦为满弓。

注：笔者曾是一名空降兵。

春　草

东君一夜展平芜，翠接云乡连海隅。
细雨润濡千岭碧，晴光忽闪万丛珠。
香缘篱径恋游子，影伴青溪入画图。
最是萋萋南浦处，登程别绪两踟蹰。

望海潮·黄浦江赋

襟怀吴越，潮兴江海，粼粼奉浦龙盘。风雨百年，沉沦几度，饱经屈辱难言。雷奋浪摧山。帜扬歌满滩，朗照瀛寰。天晏波清，景光旖旎碧涛欢。　　羽裳鸥鹭蹁跹。有九衢锦绣，两岸花繁。灯泛霓虹，桥通玉宇，明珠塔舞婵娟。龙首领千川，环球凭腾跃，四海齐叹。更望蓬莱好景，云水正漫漫。

● 蔡国华

庆祝两会胜利召开

灵蛇着意助华兴，诸夏群贤汇北京。
论事纵横求好梦，凝心聚合复征程。

风云世界谁家峻，唐汉神州绝代峥。
五岳三山遍春韵，滕年两会励躬耕。

白　起

神将公孙兵法通，为秦社稷立勋功。
攻占伊阙危韩殿，取下郢城惊楚宫。
大战长平谁恤阔，天坑俘虏自伤中。
邯郸抗令黜军卒，赐死杜邮非命终。

沐雨临风·崇明烈士纪念塔（自度曲）

巍峨挺拔，傲立苍穹。观长江不息波涛，赞崇明绝代英雄。滚滚车轮险道，煌煌历史奇功。　战火纷飞年代，瀛洲好儿女，血洒长空。祭扫者、曾经络绎不绝，慰英灵、当与星辰日月恒同。

［正宫］脱布衫过小梁州·迎新

北风凛冽叶飘零。柳梢华月清辉映。茶花霜傲花萼竟。玉池深藕冬藏俏。姑娘手机妙图生。秀目长凝。梧桐枯叶下无声。金满庭。此景最堪称。［幺］小区幽泾寒梅静。看繁花一度（曾）娉婷。冬月来，百花宁。腊梅傲雪，春讯百花听。

● 姜　凯

暗香·赏梅

早梅初绽。映云天澄碧，珠辉明灿。料峭轻寒，二月江南锦霞焕。新雨滋荣蕙畹，枝头叠、琼英弥漫。迎风曳，几点疏香，花事醉人眼。　归雁。渐妍暖。动岁律华章，春光无限。一帘画卷。红萼不言自舒展。花信如期烟景，频打卡、意行随愿。阅芳菲、承丽日，夕阳相伴。

鹧鸪天·法华塔

夕照金沙百世姿，飞檐翘角七层台。科名文笔古今颂，鸟语风铃岁序催。　　陈迹赏，暮云驰。老街曲水亦凝晖。影随明月无穷意，市隐孤峰一段奇。

AI 之光

文明壮丽今非昔，造物之巅五色葱。
远古飞烟犹不朽，狂飙迭代更无穷。
智能岁月清歌袅，光耀龙年紫气融。
来日冰山掀一角，扬鞭跃马向春风。

游震泽古镇

吴头越尾湖光绕，古韵今风一脉连。
幽巷画堂尘外列，慈云塔影镜中悬。
路边春暖喧梅雪，河畔茶香入柳烟。
却道水乡清景好，斜辉远望几萦牵。

● 薛鲁光

小草吟

灵泽培滋穿土出，青青娇小喜迎春。
虽无花艳惹人眼，倘有微躯挡世尘。
雨骤浮萍茎却萎，风吹草芥叶惟茵。
何须松柏争瑰丽，甘铺山峦漫翠新。

祝贺中央两会召开

灵蛇舞动扇馨风，宿擘贤才议政穷。

谋划良方除弊病，策商国是绘霓虹。
鸿蒙芯片顷时出，玉兔飞天盛世逢。
台岛回归华夏志，神州崛起建奇功。

苏东坡

微灯孤驿志天下，旅枕茅庐邦国情。
临陷乌台来垦道，浚疏西涧向苍生。
葑田涸水庶民叹，挖井凿泉荒岛明。
但愿共觞圆月夜，为官一任踏歌行。

龙王池

陇右要冲兴万物，祁连丝路浚幽泉。
蟠龙福泽风恭顺，舞鹤神明人醉眠。
欲换荒丘成杏苑，乃捐书院续佳篇。
谦谦君子魁星降，朱阙生辉煌耀贤。

● 吴肖英

暮秋朱家角

一泓潋滟朱家角，水墨江南画镜收。
檐荡花灯连璨夜，庭栽柿子挂金秋。
千年韵味廊桥老，百态人生禅语幽。
谁道旅途须保重，醇香米酒入心喉。

立　冬

漫步冬晨别暮秋，青黄参杂镜中流。
谁家野菊摇金萼，此地芦花曳白头。
不羡江边孤雁傲，惟寻水里众鱼悠。
人生四季皆风景，几处飘零几处柔。

贺江南雅韵微刊满百期

百期神韵墨流丹，一曲江南任我弹。
妙笔纵横书锦绣，柔情挥洒绘波澜。
传承古律蔡师累，发布新刊社友欢。
且看今朝风雅聚，诗花街巷党群安。

● 颜根坤

早　春

风光入柳暖芽绿，残雪飘梅冷蕊红。
最是一年春好处，群芳渐艳靓苍穹。

思

工　蜂

群飞去弄晴，衙集返喧情。
酿蜜养千户，采花媒万英。
嶙峋香峭尽，迢递雾巢倾。
默默不矜诩，繁忙贯一生。

曲

吟

岁月如烟

秋叶飘摇天地静，顿时回首越中年。
登巅搏虎几云卷，潜海戏龙遭水缠。
舟济过河贴心暖，石拦行路凝神煎。
悲欢甜苦流烟散，远眺鸿飞意泰然。

长

初冬感怀

朔风初起啸江山，万物峥嵘竞宇寰。
银桂经霜馥迷漫，金翘遇冷艳幽娴。
尤其傲雪红梅志，更有禁寒青竹艰。
最重人间奋和斗，古稀锤炼变童颜。

● 阮望兴

游海盐南北湖

鹰窠顶上白云浮，倒影水中时色柔。
晴日垂杨清意漫，惊波浴鹭悦心悠。
森森绿竹罩青嶂，袅袅苍烟吻翠楼。
登陟高阳峰险去，湖光山海尽情收。

一剪梅·清明

春雨绵绵草木新。山水清明，人世香芸。时时
啼鸟梦华惊，处处飞花，静静生魂。　　千里儿孙
归祭尊。往事浮浮，热泪频频。心言尽寄九霄天，
安道前途，告慰先人。

渔歌子·夏趣

浓荫小院热浮喧。棋弈村翁有一仙。望老树，
举长竿。竟是输棋怨夏蝉。

● 沈金林

观檐下燕（通韵）

檐下燕双栖，梳翎影不移。
任凭雷雨骤，依旧两相依。

海湾春天

蛇舞龙腾秀色纷，海湾阡陌绿丛茵。
鸭知水暖流连返，柳荡风梳除旧尘。
湖畔丹青相映日，田园墨翠斗妍新。
春光煮酒染奇景，百态光明焕彩氲。
注：光明，指上海光明集团所属农场。

诗

社

丛

萃

步月·明月吟

日隐霞霾，烁星邀月，水天渐冉鸿轮。镜悬枝梢，密叶镀银雯。现佳景、荧光造影，暮色静、原野飘茵。秋风起、芙蕖浴月，无觉已凌晨。　　氤氲。犹望见，素娥展广袖，欢舞缤纷。吴刚酾酒，庆九域盈春。听苏轼，阳关曲咏，转玉盘、持盏酣醺。同祈愿，中华夜夜照无垠。

● 朱育芝

春草吟

晨阳高照露微悬，万缕金光洒翠肩。
出土江边寒带雨，发芽陌上暖生烟。
欣随油菜观蜂蝶，喜伴山花听燕鹃。
一片萋萋连远际，伸腰自舞醉风前。

鹧鸪天·新春吟新

新碧铺陈山水间，新霞织彩映晴川。新枝绽笑春风里，新燕呢喃柳浪前。　　新岁月，老河山。新程万里起云烟。新思导引新开局，新韵悠扬醉笛弦。

临江仙·游海天一洲

百里长龙鹏跃，一洲天海云流。千舸驰浪水悠悠。万鸥波上舞，百姓画中游。　　一塔凌空灯耸，多年逐梦桥浮。巨墩长索镇潮头。登高望远际，千浪拍心畴。

鹧鸪天·咏栀子花

婀娜多姿韵自华，芬芳偏爱庶黎家。欣随细雨抒浓叶，笑逐轻风展洁花。　　身似雪，影如纱。千丛万朵透清嘉。陌阡春夏摇佳影，日暮晨曦醉彩霞。

秋　怀

疏雨洗秋凉，溶消苦夏长。
云开湖浸月，风动桂飘香。
处处闻游子，心心向故乡。
人如枝上雀，碌碌一生忙。

初　冬

落木卷平野，凄风结晓霜。
远山枫叶赤，幽径菊花黄。
雁去客留梦，寒生梅蕴香。
乡愁心底隐，夜静月波凉。

春　韵

东风流韵染山色，酥雨知时润秀颜。
娇啭黄莺啼树杪，长鸣白鹭过溪湾。
蛾眉笑靥花前驻，春水回波柳下潺。
绝胜芳华收不尽，翩翩蝶影醉人间。

　　　　　　　　　　　　　　　　　　● 陈云希

故乡春行

河畔两行杨柳青，宛如少女舞轻盈。
东风最解愚人意，春色千般百鸟鸣。

贺诗社雅韵创百期

清水湾湾云浪涌，江南雅韵百期吟。
风吹簌簌四时美，日暖柔柔三载歆。

前辈放歌犹抱影，此身作赋自舒心。
寻常境界流芳远，最有诗词寓意深。

小重山·隆冬之美

杨柳虽枯仍显娇。举头仰碧中、白云飘。流云
枝杪隔空箫。相守望、共奏乐逍遥。　　低首树花
妖。枝干遒劲力、任伸腰。云屏枝下绘图雕。墨韵
美、静待焕新骄。

● 俞光存

礼赞江南诗社成立五周年

欣逢五载抒天真，白首老童声律新。
吟咏唐音圆梦想，放怀宋理赐余春。
群贤毕至惊人语，少长咸臻叹绝伦。
不负玉壶甘露润，夕阳绮思国风陈。

凤凰台上忆吹箫·新疆之行得句

御览蓝天，登高骋望，追怀往迹联绵。心魄
荡、深情浪涌，思绪如澜。少小贫家矢志，勤
典籍、竭力攻钻。沉吟处，明晓进退，屡陟危
巅。　　悠悠东西游陟，情舒泰，亲瞻母土娇颜。
俊良友，春风惬适，心谧欣欢。遍历域疆胜境，无
烦忧、喜溢胸田。夕阳梦，依然慧粉阳天。

沁园春·贺江南诗社百期微刊发布

微辑刊行，百鸟啁啾，众友激昂。看醉申城
内，虹光闪闪，青龙山下，喜气洋洋。才子欢歌，
佳人醉眼，玉液传情今溢香。春阳暖，见青龙驾
雾，紫气萦梁。　　知音共沐春光。赞一百，诗刊

金玉镶。有狼毫千管，吟诗万卷，豪情九鼎，寄韵三唐。妙笔生花，彩虹织锦，曲韵悠悠悦鬓霜。期明日，盼重添烂漫，再续辉煌。

● 干世敏

秋　声

秋雨淋窗风送凉，桂花洒落溢馨香。
东篱墙角蛩虫语，北野云天归雁吭。
万象生机存起伏，气候规律合时光。
人间悲喜事难处，入梦追求可去乡。

初春有吟

天时二月进初春，地暖风和物历新。
微绽嫩芽萌碧草，复苏荒野亮耕人。
灵光瑞霭山河秀，元气祥云家国神。
欲借华年圆晓梦，且随桑梓靓凡尘。

鹧鸪天·咏玉兰花

辛夷报春骚客傍，树枝花蕾溢兰香。霓裳片片妆容正，束素亭亭粉蕊庄。　　生浅晕，历元霜。缤纷灿烂顾家乡。当时绽放名姝妒，未答流音事主张。

● 许蕊蓉

暮年新声

一世人生能几何，且行且惜莫蹉跎。
碧溪幽涧素心慰，红雨翠微清梦呵。
老去幸逢新岁月，春来更有好云萝。
暮时无恙安然度，自在晚年欢乐多。

诗

社

丛

萃

惊 蛰

惊雷乍起百虫醒，万物思恩雨露匀。
蝶舞蜂飞春色动，冰融雪化夕晖神。
寒霜无力嫌衣厚，明月多情慕酒醇。
千里江山新绿染，九州烟火乐天伦。

雪 花

玉洁冰清来世访，晶莹剔透冠群芳。
漫天飞舞知音觅，四野缠绵幽梦香。
翠竹玲珑悬瑞像，红梅婉转泛神光。
岁寒三友结良伴，离别依依泪两行。

● 严 华

乙巳新航

深智横空击星汉，灵槎一叶势无伦。
万维穿浪难寻影，千卷隐才奇有神。
提速追光运玄策，创新类脑越凡尘。
五车亦作诗词曲，飞棹怎传情意真。

深智指人工智能。

惊 蛰

雷车滚滚出天门，百万蛰灵惊睡昏。
绵雨频滋斗芽甲，幼蛙轻语乱波痕。
窗含竹露砚池碧，风暖溪云篆字温。
三尺阳台通地脉，一花一叶绾春魂。

浪 花

无根偏作擎天柱，携雨经风自濯磨。
分石碎花知若己，弹珠击鼓意溶歌。

思

曲

吟

长

漫随航母征程远，难忘崖山战骨多。
浪里熔金霞色满，千层翻越雪头过。

咏 草

素心未共群芳论，涉水攀岩立野津。
细雨穿针绣绒毯，严霜淬剑守灵筠。
三炉熬得回阳术，万卷修成济世身。
莫道微躯肌骨软，游根已接混元垠。

● 宋 萍

越秀桥景

凭栏望远洲，画舫驶桥头。
隔岸花无尽，传声燕不休。
喜闻春曲奏，偏爱白云游。
往返观园景，行时止步留。

洲，指中洲岛。

浅秋淡念

一袭西风绿渐黄，半含烟雨半流香。
残花几处逐波起，弱柳三番探水凉。
信步长堤寻晚照，凝眸鸿雁念家乡。
浅吟低咏阑珊句，恐负清秋且尽觞。

重阳感怀

又到金黄菊绽时，霜风露冷打寒枝。
长天雁过声声远，旷野人归处处迟。
日暮兼葭秋已老，月斜桐叶夜愁痴。
浮生莫叹重阳晚，笔底花开写赋诗。

小草吟

雨打风摧志未凋，寒潮野火乐逍遥。
人间多少沧桑事，敢向苍穹挺瘦腰。

赞樊振东奥运男单夺冠

巴黎奥运传往报，鏖战银球起浪潮。
猛虎离山边角扣，蜻蜓点水侧中挑。
劈长似电斜能助，摆短如珠旋自消。
不负平时磐石志，归来王者在今朝。

咏胡杨

绵绵大漠有胡杨，节操由来远古彰。
铁骨凌云惊岁月，虬枝映日诉沧桑。
千年不朽西风冷，十里难穷落叶黄。
幸喜玉门春已度，逍遥屹立秀轩昂。

看花回·春韵

暮冷晨凉料峭寒。衣换频繁。隔窗初觉春雷
震，恰数声、细雨调弦。庭梅妆半褪，红落流
丹。　万物欣欣又一年。李白桃妍。碧纹斜逐
沙鸥影，向长空、素羽巧旋。赏心春韵美，人在
壶天。

● 李树峰

故园梨花

莫道枌榆隔渚津，几回梦里见青春。
一山秀色梨花好，千树晴光白发新。

思

曲

吟

长

80

欺雪压云香馥郁，羞桃笑李韵精神。
翩翩玉体谦谦态，皎皎清姿不染尘。

春之韵

二月初来佳气动，几回冷暖画宜观。
一江霜色留清客，三日熏风开玉兰。
池畔柳枝黄欲碧，庭前李树白羞丹。
年年好景莫辜负，望断云霞兴未阑。

聆听姚国仪老师讲座有感

聆听宏论思豁然，人情物象总相牵。
先贤古意浮新岁，高士清吟送旧年。
韵海精魂幽远志，词林功业短长篇。
平生犹爱骚坛事，三五芳华欣梦圆。

芙蓉月·梅雨

梅子初黄了，云黯黯、又是无端淫雨。节临仲夏，濡湿凭添愁绪。枝上榴花半落，小径红尘轻语。苔滑腻，露清凉，翠竹万竿争举。　　熏风懒倾诉。更新蝉未唱，柳槐相顾。平池戏水，几朵芙蕖曼舞。傍岸兼葭簇簇，满汀渚。飞鸥鹭。垂绿绮，挂珠帘，欲遮归路。

● 王宝鸿

春　雨

初夜朦胧入粉闱，樱花树下滴珠讥。
千千雨伞空间秀，万万银丝叶上飞。
迷醉幽香头点散，风姿靓丽手描归。
年逢此际悠哉到，一脉清泉护地肥。

咏　梅

冰封千里俏梅枝，大地寒风润蕊姿。
几束红花梢上立，多形白雪滑行垂。
君生岸角铮然骨，我赏窗前韵味移。
那日园区芳卉放，此时一笑步新诗。

踏莎行—游蟠龙天地

巳物灵蛇，鱼翔水激。江南焕醒盘龙集。诗之
古镇乐园游，流连往返观桥侧。　　　十字街头，独
家小吃。步行河道蜿蜒迹。心随历史看今朝，魔都
休假悠闲逸。

● 王海青

秋　声

云淡天高逸气清，聆听万物送秋声。
潇潇雨歇空江冷，瑟瑟风吹坠叶轻。
鸿雁传书寄幽梦，寒蝉作赋叹哀情。
行歌几阕和诗韵，吟诵瓜甜稻谷盈。

冬　雪

轻盈玉蕊舞天涯，洒落人间似画纱。
袅袅随风飘远岫，翩翩映日耀明霞。
寒凝大地银装裹，冷彻群山素影斜。
静谧无声诗意满，冰心一片韵清嘉。

岁月感怀

岁月匆匆若水流，繁华似梦未曾休。
青春已逝容颜老，霜雪何时鬓发留。
昔日从师培桃李，今朝煮茗度寒秋。

且由往事随风去，笑对斜阳意自悠。

月上海棠·叹落花

玉兰繁盛枝头绽。色鲜艳、游赏日光伴。艳丽斑斓，白如雪、粉红娇面。春风里，朵朵芬芳俏绚。　　东风化雨清溪浅。雾烟中、细丝拂花瓣。绵绵春雨，浸土壤、落花摧散。低头看，满地残花片片。

● 付金凤

树下望猫

犬逐狸奴惊跃树，仰观无奈吠声扬。
枝头猎物悠然卧，灰影徒留绕近旁。

览衡山感怀

漫步南山意自遐，层峦叠翠映烟霞。
峰如岱岳能凌汉，景若桃源可隐家。
古寺钟音传法界，幽林鸟语唤灵芽。
凭高极目乾坤阔，顿觉尘心化物华。

鹧鸪天·春事

布谷声催冻土开。苍颜垄上皱纹埋。手如古木经霜久，犁似玄云带雨来。　　泥欲润，汗先栽。黄昏深处待新荄。殷勤种得星千点，照我秋成满囤柴。

卜算子·水杉

冬韵染池杉，瘦影枝头立。风过萧萧落羽飘，寂寞无人拾。　　冰骨傲霜天，静守山川寂。待到春回绿意浓，笑把青葱织。

● 年 磊

卜算子·白玉兰

琼枝立浦江，霓影摇春雪。万盏琉璃破晓寒，香沁云间月。　　仙姿逸韵长，浅笑迎风厴。不与繁花斗艳时，独守冰心洁。

鹧鸪天·踏春

一径风扶垂柳斜，半篙水涨试新槎。蝶黏花气衣边醉，云补山痕雨后嘉。　　分荠菜，采椿芽，野炊烟细逗春鸦。归来满袖青芜色，笑指溪桥卖杏花。

白乳泉怀乡

白乳灵源古调悠，东坡履迹印千秋。
山环水绕清幽地，树影波光映眼眸。
昔日欢娱情景现，今朝羁思梦乡流。
天涯游子心萦处，泉韵声声解客愁。

● 杨宗颐

惊蛰闻雷感怀

龙吟蛰地算坤乾，卦象初更月上弦。
量子纠缠河汉钥，羲和探日轨痕笺。
春蚕破茧寻流水，铁马扶犁隔紫烟。
天借惊雷匀彩墨，江南绣锦缀联翩。

春 分

玄鸟衔来昼夜文，垂绦吹断碧溪云。

雷车隐隐看冰裂，风伯徐徐挹翠芬。
扶曳纸鸢花雨润，催耕社鼓晓霞薰。
千峰杜魄春何处，满树新夷意欲欣。

冬日访开元寺

潮州闹市世风淳，敬谒禅僧静碾尘。
千缕清香疑唤客，一方古寺恰传神。
东南故郡弦歌老，岭海新居岁月新。
慕悦雄红寻旧迹，悠悠梵乐度游人。

● 袁美金

冬　月

冬月挂高枝，琼楼素影移。
清辉千里共，寒气满天弥。
风触摇松叶，霜沾侵菊篱。
独生如幻景，恋恋入词诗。

《江南诗社》雅韵百期有感

新春逢喜气，百诞绽奇香。
妙笔描风月，雄文绘帝乡。
清词千载越，雅韵九州扬。
不忘初心守，传承续锦章。

醉　春

东风入丽川，翠影映清涟。
雨润桃花绽，烟开油菜妍。
群莺穿玉树，百鸟赴琼筵。
最爱春魂醉，诗题逸兴篇。

诗 社 丛 萃

咏 春

林下松风化地霜，岸边瘦柳泛鹅黄。
野田草出三分绿，幽谷梅留几瓣香。
塞上迎春花正艳，窗前连夜雨还凉。
白云入眼群山翠，碧色走心清气芳。
懂事孩童饲牛马，持家村女种麻桑。
雾笼郭外氤氲画，烟锁江南旖旎妆。
只觉半湖疏影动，再看一树细枝扬。
痴情骚客难挪步，早已神魂远八方。

醉红妆·拾趣

青春已去换衰颜。起银丝，驻褐斑。作诗研墨
破余闲。吟风月，绘河山。　　找寻欢趣化时间。
逛西藏，览中原。美景佳看欣赏遍，娱日夕，赛
神仙。

画堂春·春韵

春潮弄雨面如酥。鸳鸯嬉闹平湖。翠微疏影有
还无。树上雀相呼。　　坡上嫩黄杨柳，岸边新绿
菖蒲。百花抱蕾正当初。悠逸惹人扶。

春之韵

斗转星移春自到，岸清河溢雁还飞。
鸳鸯戏水芦芽冒，蝴蝶寻花杨柳依。
遍野金黄诱蜂醉，成畦绿蔓喜风微。
农机不辍忙耕种，百姓只祈苞米玑。

● 杨觉芬

春之吟

晴光草木培，春色万枝开。
紫气腾云雾，廊风舞露台。
相携寻野兴，结伴赏花魁。
植树趁时节，新苗小院栽。

说"米"

繁衍千秋米文化，桑麻四野稻田图。
农夫耕作看时序，蚕妇织成扬太湖。
薪火相传天地续，炊烟起处岁华摹。
俗情日永犹堪悦，玉粒香浓万户厨。

谢池春·春雨春韵

天洒甘霖，处处野花芳草。柳堤边、莺飞蝶绕。踏青闲步，看玉兰娇好。细雨中、美人凝眺。　　轻丝淅沥，婉婉柔柔尘扫。气清清、闻香趁早。怡情伞下，伴银珠欢跳。乐陶陶、赏梅春报。

庆春时·百花艳

枝头玉盏，林间红粉，彩仗光移。新丝岸畔，轻舟画里，挥笔已春归。　　繁华飞锦，南院还有心期。滋泥灌溉，栽苗护守，人约百花时。

诗

社

丛

萃

风

云

酬

唱

- 沈沧粟

西江月·食笋

负土潜依乱石，藏林迸破新尖。春寒解箨带泥沾。巧作乘时佳馔。　　不必油烹着酱，只须水煮调盐。浙山滋味最鲜甜。邀与坡翁同饭。

- 杨先国

西江月·学步沧粟

若与坡翁同饭，几疑奢望皆成。围炉冉冉待烟升。更有新人旧影。　　春笋最堪美味，良朋共度浮生。吟诗作对说曾经。却忘这名那姓。

- DeepSeek

西江月·步韵杨先国先生

竹影摇风筛月，松烟绕灶升腾。新篁破土带星烹，恍见青莲醉影。　　撷取云腴作馔，邀来杜圣分羹。浙山滋味古今承，莫管身外名姓。

> 注：某君向 DeepSeek 发出指令："请根据下面杨先国步韵沧粟的《西江月·食笋》一词为我继续和吟一首。"DS 于 13 秒后答复上词。

- 林在勇

西江月·近元宵

醒忆这番那次，梦忘几岁何年。上元灯火众人间，回首蓦然曾见。　　正月渐来新月，情天可对寒天。爱他初十半将圆，午后高悬向晚。

● 戴海燕

西江月·惜福

　　明月高悬向晚，时光倏忽如梭。且行且顾且长歌，莫叹浮生虚过。　　重叠关山几越，泛舟沧海凌波。遄飞逸兴畅吟哦，还可加餐闲卧。

● 陈彦秀

西江月·和词接龙

　　难得加餐闲卧，畅怀把盏同干。接龙唱和几清欢，也想凑吟追赶。　　拿起诗词格律，填词依谱详看。平平仄仄笔轻弹，生活日常侃侃。

● 杜劲松

西江月·寄师友

　　好个加餐闲卧，流年日丽风和。坚持雅操乐吟歌，激我胸心整个。　　记得去年诗课，中途退学风波。幸蒙诗友眼边多，邀请春风里座。

● 周日忠

西江月·唱和

　　向往高悬新月，艳阳融暖春天。沉思觅句和新篇，坐倚南窗掩卷。　　案上海棠点出，窗前莺鸟时旋。微寒清韵正悠闲，提笔素笺轻蘸。

● 陈孝玲

西江月·江南春笋

　　春雨润滋冻藓，春风苏醒新梢。北人不识褐衣娇，瘦样如何成宝？　　忽见轻裳褪雪，又闻满室

风

云

酬

唱

香飘。一匙清味醉醇醪，拍案惊呼"绝了"。

● 崔炜东

西江月·邯郸追师

却忘这名那姓，还思俊友贤朋。吟情尝鲜品衰兴。美味其中三省。　　淡看云烟世事，深寻快乐人生。临屏网络探新经。羡慕群师意境。

● 周澍均

西江月·步韵沈老师

梦与坡翁邻座，斟茶盈盏毛尖。英姿文采我旁沾。掘笋烹来作馔。　　庭院多栽兰竹，家厨唯有梅盐。能持清雅自甘甜。最爱家常便饭。

● 陈先元

西江月·学步沧粟、先国

昨夜烟花惊艳，今朝街市光鲜。商楼信步学偷闲，青笋一排入眼。　　此物正时美味，食材引得垂涎。待沽方觉少银钱，身转慌忙走远。

● 姚梅乐

西江月·步沈老师韵

带露披烟顶石，庭兰奋茁芽尖。充当庖膳试先沾，可媲美肴珍馔。　　莫要高汤调味，略加少许精盐。本帮菜系有些甜，好配海鲜泡饭。

● 王卫新

西江月·用韵和在勇先生

明月却思良夜，东坡曾问青天。缘何长向别时

思

曲

吟

长

圆，苦惹无眠星晚。　　圆缺阴晴天上，悲欢离合人间。安康足以共年年，云雾何妨不见。

西江月·盐水笋

　　半簏鲜鲜清白，一家睦睦和甘。海中滋味渗春岩，筷触惊醒乡念。　　总语新奇方外，更牵魂梦江南。只需如此笋常衔，便识人间咸淡。

　　　　　　　　　　　　　　　　　　● 徐　静

西江月·忆浙山春味

　　梦忆浙山滋味，百般眷念来巡。杜鹃怒火绝红尘，更喜尖尖新笋。　　哪怕土坚林密，时宜褐袄争春。招摇漫待沃霖亲，最是肥鲜自信。

　　　　　　　　　　　　　　　　　　● 刘德隆

西江月·过年

　　月隐风平花艳，汤鲜笋嫩情端。举杯敬老话平安，拱手天寒心暖。　　烟火寂寥亦乐，新衣锦帽辞年。撒开几许压金钱，频送叩头祝愿。

　　　　　　　　　　　　　　　　　　● 张赟华

西江月·上元在即

　　明月高悬向晚，彩灯初上街头。浮圆子热糯香留，又是上元时候。　　巷里华光似昼，人群笑语盈眸。观灯赏月乐无休，共庆良辰雅构。

　　　　　　　　　　　　　　　　　　● 江春玲

西江月·过大年

　　瑞雪琼枝耀眼，除尘贴福新年。酒酣肴满盏然

风

云

酣

唱

暄，焰火联翩璀璨。　　群里吉言温暖，人间乐舞喧天。月圆花好共团圆，家国之心恒远。

● 黄　河

西江月·春笋

次和沈沧粟先生《西江月·食笋》

抱石潜根成茧，藏林破土萌尖。激情紧固老苍岩。咬定青山信念。　　顿顿馔珍嫌少，餐餐伴食还馋。炒盘春笋味香甜。邀与东坡共啖。

● 罗汉文

西江月·春笋佳肴　（赵以仁体）

翠竹春生新笋，美肴佳味天成。煲汤腌笃鲜香凝，一碗清汤、馋嘴口难停。　　切片虾仁小炒，细丝冷拌丰盈。馅料烧卖味多情，倘若品尝、哇好不温馨。

● 王旭永

西江月　（新韵）

冬日扎根蓄势，春天破土出头。山乡落脚借清幽，化作佳肴可口。　　切片素食清炒，保鲜油焖滑溜。人间菜谱若相求，数此年年亲厚。

● 王　丽

西江月·春笋

即忘这名那姓，何来一派生机？撩开绿幔现离离，但等玉凝香溢。　　珍味重情晓性，佳朋啖笋宽衣。矫情只赖仰春泥，要不来年再俟？

西江月·学步亦约子瞻

自是无名无姓，由它谁败谁成。斟来清月敬先生，各有痴心未冷。　　桃酒千盅窖酿，鳜鱼几尾清蒸。寒宵痛饮一窗灯。我与坡翁独醒。

风

云

西江月·步沧粟吟长食笋原玉

渭水直钩投钓，何来鳍刺尖尖？清蒸扑鼻味香沾，小酒佐吾美馔。　　巧手独家料理，不须葱蒜油盐。且从淡处品甘甜，尚幸老夫能饭。

酬

西江月·油焖笋

玉笋新抽盈谷，香油慢炒纤尖。再添文火兼施盐，光亮一时可鉴。　　故锦已无踪迹，素肌又着新衫。一盘入口慰饥馋，自是珍馐不厌。

唱

西江月·亦步先国

亦步亦趋有趣，结朋结友生缘。竹芽切块用油煸。腌笃煲汤更赞。　　虽未珍馐海味，此中爱意绵绵。愿君奢望变真言。期待明朝兑现。

西江月·步韵先国

苦却征年尘饭，莫言中道功成。冲天一发梦盘升。醒落斑斑碎影。　　春笋方知真味，清怀养渡苍生。对炉吟唱品茶经。万里烟霞同姓。

● 孙恒志

西江月·春笋

沧粟、先国二诗友新赋西江月春笋，阅之心动。忆及沪上春席，唯觉腌笃鲜最佳，而其中用笋亦有讲究。现身在海外，无缘一尝，抱憾之余和以凑兴耳。

腌笃鲜才上席，五粮液已微醺。鲜咸肥瘦配须匀。冬笋不如春笋。　　坐看潮光极目，卧听雨点怡神。仙山虽有八看珍。却忆江南笋嫩。

● 姜玉峰

西江月·食笋依韵和先国吟兄

咬定青山不放，无分沃瘠萌生。坡翁郑怪爱心倾，食写张扬倩影。　　南北争尝佳味，冬春纷展风情。修长肥胖蕴神灵，细数诸多名胜。

● 徐玉基

西江月·步先国兄韵忆昔年寻笋

谷雨正当时令，山坡恰值丰成。新鲜满载日初升。灶下娘亲背影。　　咸肉同烧味美，邻翁共酌香生。遥思老杜喜曾经，何况寻常百姓。

杜甫《咏春笋》："无数春笋满林生。"

● 严大可

食笋·应杨先国先生命

隽冠山家滋味，沸泉瀹就微甜。解人何必斗心尖。待得春初最艳。　　款宴最宜饕客，和羹不论饧盐。独求斯物未伤廉。谪吏当年饱餍。

西江月·素描挖雪笋之山翁

破土犹承雪重，抽身尚冒霜严。应时上市味殊甘。胜却三荤五厌。　　如许苍颜老叟，可怜瘦骨单衫。挥刀擘骜久劳谦。赚得油盐面点。

西江月·读《学步沧粟》戏作

甭管这名那姓，满盘玉节相邀。吟诗做对品香醪。莫把韶光抛了。　　雪菜笋丝爽口，油焖火候微调。鲜肥腌笃煮佳肴。乐享此君上灶。

西江月·依韵杨先国先生咏笋词

枝上叶芽未爆，山中泥石先惊。经冬蓄势拱无声。错认新尖忽迸。　　粗壳偏怀腻玉，甘滋不念荤腥。充饥养气飨苍生。拔节更臻仙境。

西江月·新年即景即感

一夕珍馐美酒，满屏繁艳春风，纷纷 AI 热谈中，陌柳今番破冻。　　弯月穿云窥菊，暗香裹梦移枕，流年青史去匆匆，尘道车壅露重。

西江月·挖春笋

好友湖州老家，村后小山篁竹一片。惜时令尚早，挖笋未获。

风
云
酬
唱

97

霜冻坡阤林静，上山乘兴提篮。初春唤雨冒新尖。去箨身纤颜艳。　　村嫂逢迎归客，笑言未得消馋。湖州春笋最甘甜。应节尝鲜可啖。

● 曹　旭

西江月·荐佳客

破土披星戴月，凌云抱节冲霄。春雷醒箨玉肌娇，翠袖和烟轻扫。　　素手斫来清露，冰瓷盛取琼瑶。剡溪风味荐醇醪，漫说莼鲈归早。

● 齐铁偕

西江月·和词

破土新芽如玉，迎风嫩箨飘香。山肴野蕨入柴房，巧手烹来鲜爽。　　煮酒烹茶共品，谈天说地同尝。流溪声里换时光，一任云行风荡。

● 胡中行

西江月　次韵戏答先国

先国嘱余唱和，醉中仿佛催成。醒来旭日已东升，不见昨宵字影。　　唯记当时年少，西江月里情生。阑珊灯火似曾经，却忘那人名姓。

● 杨逸明

西江月·步韵和先国兄食笋词

壮志泥中立就，虚心雨后修成。春来一片翠烟升，会见满山清影。　　只为烹调美味，何妨奉献微生。笃汤油焖乐常经，分享加餐百姓。

思

曲

吟

长

● 李支舜

西江月·叹大理古城

　　白族集居之地，高原文化名城。千年更迭定型惊，灿若繁星名胜。　　承载古都风韵，交融现代文明。天龙八部世闻名，荣耀随缘天定。

● 胡晓军

西江月·做油焖春笋步沈沧粟先生食笋韵

　　未察地生佳气，已知日暖风尖。市来通体带春沾。又是随缘成馔。　　复刻平生回味，调排油酱轻盐。咸中最爱那甘甜。空盏还招加饭。

风

云

酬

唱

诗苑纳新

● 唐　琨

怀　旧

梦断音销今几年，书琴宛在迹成灰。
门前惟有寒塘雁，尽是当年去后回。

春　在

双双蛱蝶过清溪，幽梦时闻杜宇啼。
杏雨故留行客驻，一宵池水漫花堤。

寂　寂

寂寂寒山漠漠尘，故园郁郁水云滨。
泡沤四十年间世，浮幻三千卷里身。
并剪裁难无欧冶，孤篁吹裂有伶伦。
南熏一曲何人唱，终古凭谁问道真。

南熏曲传为舜所奏，中有"南风之薰兮，可以解吾民之愠兮。"

● 李家球

秋兰吟

幽兰池苑静，飘拂漫芬芳。
滴雨如珠动，迎风似燕翔。
九秋深叶翠，四季浅花黄。
无欲生清雅，宁馨祈百祥。

横溪谷

谷湾溪水石间流，绿植峰坡怡逸悠。
曲径盘延游客过，闲来品茗醉幽州。

冬月闲吟

冬月闲情吟上海，晚霞逸致集西山。
声声何曲扣心奏？当代陶公流水潺。

雅　趣

桃源有梦诗争逐，八雅无成趣泡汤。
画意书情惟切切，仰山俯水两茫茫。
棋逢敌手怕拼智，路遇昙花忌涉黄。
独品清茶三戒口，一壶浊酒醉衷肠。

诗

苑

满江红·参观淞沪抗战纪念馆

纳

澎湃心潮，昔堡垒，硝烟三月。城欲摧，壁墙穿弹，胸膛喷血。八百哀兵忠与烈，千秋家国歌同谒。莫轻觑，负了献花时，空悲切。　　屠城恨，无以雪。琉璃岛，豪权猎。拜靖国神社，安倍余孽。积弱积贫临困境，似狼似虎呈猖獗。保和平，须振兴中华，强军慑。

新

青玉案·游沪郊三林塘重阳灯会

三林灯会繁华谱，老街巷，新风赋。古镇夜宵开富路。明星碑树，辉煌史著，狮跃龙腾舞。　　商家林立游人堵，海味山珍自乡土。碧水拱桥船乐渡。张灯结彩，戏台锣鼓，独觅阑珊处。

释　怀

遥期桃李竞芬芳，沥血劳心几断肠。

稚子犹疑勤学好，却摊书卷惜韶光。

行香子

木落翩翩，秋水涟涟。凭栏处，红叶斑斑。烟波淼淼，雁影姗姗。看风斜斜，云絮絮，雨绵绵。　渔歌袅袅，归帆点点，俯仰间，欢悦言言。深杯盏盏，灯火喧喧。任日悠悠，星隐隐，月娟娟。

如梦令

雨后青峰薄暮，缥缈山间云雾。蛙噪夜虫鸣，白鹤清波飞渡。　随步，随步。误入桃源深处。

● 徐益章

川沙文联赴崇明采风

添趣农家一日馨，文联百众满中庭。
河边摘葚桑衣紫，绿叶藏金瓜蔓青。
老鸭入迷饕餮客，滩簧走秀浦东伶。
莺歌燕舞来欢聚，团队交流上视屏。

历史名城徐州

楚汉相争古战场，不因成败忆瞳王。
玉衣金镂马兵俑，千载鸿泥画石藏。
粟裕指挥淮海役，中原逐鹿大风将。
卷舒跌宕在江北，华夏徐州有一章。

柳梢青·春来大观园

湖畔奇葩，红楼阆苑，柳袅烟斜。云塔风寒，莺啼燕掠，春雨樱花。　海棠露泣残桠，金玉梦虚无画鸭。门外乾坤，大千世界，曾是谁家？

● 瞿文良

梅 颂

欣喜梅双树，依依傍我家。
凌寒培嫩蕾，傲雪绽香花。
却惹芳菲妒，但凭风骨夸。
辞春妍退尽，岁岁远浮华。

南海阅兵感赋

长腾呼啸向云天，澎湃驰驱风浪间。
猎猎旌旗喧勇猛，声声号令励强坚。
布防空海挥长剑，拼杀疆场卫国园。
恶鬼凶獠来进犯，荡平一举葬深渊。

鹧鸪天·端午有感

端午来时烟雨落，离骚一曲感兴旺。怀沙屈子
沉江底，失国平民哀楚邦。 王命短，汩罗长，
忠肝义胆不相忘。千家裹粽齐思念，万户纷飘芷
兰香。

● 程之桂

题陆家嘴

黄浦苍烟正郁葱，明珠塔上度春风。
汇流二水归东海，鼎峙三风入碧穹。
林立群楼新世界，重添金凤老梧桐。
沙滩巨变繁华地，国际名城腾彩虹。

二水指黄浦江与吴淞江（苏州河）在陆家嘴交汇东转入长江
至东海，三峰指三座大厦：上海中心大厦、环球金融中心、金茂
大厦。

诗 苑 纳 新

105

礼遇乐·崇明颂

东海瀛洲，隧桥穿越，长江门户。鱼米之乡，荷香梅熟，现代农村富。田园锦绣，丛林葱茂，惹起乡愁思绪。人多寿，安居福地，崇友劝吾长住。　　沙滩湿地，清景无限，正是采风佳处。满岸兼葭，彩云横渡，夕阳银鸥舞。三花美誉，丝竹沪调，诗友相盟诗赋。看今朝，樽前歌伴，纵情笑语。

● 张光珍

游外滩感怀

江映高楼景色娇，游人如织势如潮。
百年风雨留幽恨，十里棚窝铸富饶。
珠塔雄姿王母赞，环球瞭望座黎娇。
霓虹闪烁夜当昼，世界一流先进超。

登上海金茂大厦观光厅

登楼极眺景全收，都市风光惊眼球。
飞速电梯弹指到，静幽览室瞬间留。
远观黄浦舰腾浪，近览明珠塔密稠。
美食飘香勾味蕾，中西合璧备需求。

● 凌霞珍

铁沙诗社与崇明乡愁诗社联谊有感

待到争奇羞欲语，悄然绽放自玲珑。
庭喧馥郁春回处，坐拥氤氲日暮匆。
竹叶盈盈还有意，桃花脉脉果成融。
荷盘雨溅弹珠泪，草色帘青缀满绒。

思

曲

吟

长

赞枫泾中国农民画村

唤起初心浓墨彩，农家小院菜篱园。
烟霞读画垂青柳，岁月题诗积翠墩。
自古人才堪辈出，当今笔势览追痕。
三桥十巷廊坊座，幅幅乡风土地根。

● 陈慧敏

海　棠

向予娇媚说青春，粉白嫣红雅洁珍。
心养初衷心愿古，梦归本意梦留真。
巧拈乡语开诗韵，静看天风拂世尘。

抱朴甘为添夏彩，一番夙志报斯民。

红脚岩观潮

诸峰接岸江空阔，涛自东方卷地横。
日浴轻帆牵远古，天连浊浪笑馀情。
敞怀欲纳千军势，侧耳如听万马行。

但得潮音澎湃起，群山颤栗鬼神惊。

满庭芳·重阳

寒压池莲，风惊篱菊，故乡庭院清秋。三更思远，前事梦中浮。小楫灵江细雨，数渔火，吹笛悠悠。雁声过，引牵眷念，弹指忆曾游。　　时光非恋旧，花开花落，月满汀州。漫留得，文峰两塔风流。去岁登高谁伴，无曾忘、桂蕊银钩。重阳至，心期携友，樽酒一方休。

● 夏定先

春 日

浓淡春光耀，晨昏景色妍。
迎风梅柳俏，沐日燕莺宣。
缓步观残照，闲吟咏暮烟。
惭无文笔妙，负了艳阳天。

甲辰岁初感吟

年来年去似飘蓬，转眼霜颠做岳翁。
半世职途随梦蝶，余生老境识冥鸿。
疏闲不羡袁安卧，文字当如贾岛工。
坐爱苏河春水绿，醉吟空碧夕阳红。

一斛珠·少年夫妻老来伴

芳心相许，梳翎弄影神仙侣。新婚燕尔多娇妩，短别离愁，缱绻常倾吐。　　几十年，春秋朝复暮，韶华似梦惊回顾。老来相伴牵思绪，一句叮咛，便是关情处。

思

曲

吟

长

九州吟草

● 庄炳荣（山东）

游春感记

从来香气动诗心，蝶影蜂声尽妙文。
梅不逢时空自绿，古今咏叶有谁人？

● 王懋明（上海）

鹧鸪天

早负烟春花月风，老来拼做少年翁。南临琼岛
天涯石，北赴天山塞外峰。　　车万里，路千重，
锦山秀水任西东。人生自是无遗憾，我是人间不
老松。

● 李宏允（山东）

江城子·文亭湖携孙放鸢

一湖春水绿幽幽，久思游，几春秋。夙愿今
偿，鸢舞伴飞鸥。喜得娇孙频雀跃，容灿烂，展歌
喉。　　谁人吹笛小红楼？韵悠悠，荡清流。竹径
花蹊，俏语并情俦。欲去萍洲寻胜处，须款步，上
兰舟。

● 董　宝（山东）

赏　秋

老夫聊发少年狂，欲向黄昏劝落阳。
秋叶堪当春蕊看，万千娴静一丝凉。

● 张进明（河北）

山杏花开

清明踏岭眺山川，万树琼芳映远烟。
不似人工施妙手，浑如鬼斧运神镌。
脱尘素影存幽韵，入眼冰姿蕴太玄。
开落荣枯皆自化，四时轮转即天然。

九

州

吟

草

观鱼解牛

一新机杼吐灵葩

——格律诗词的当代适应性浅探与佳作举隅

● 张青云

一

当代中国语言环境的改变，是否意味着格律诗词的创作丧失了培育的土壤与生存的环境？

按中国文学史通行的历史分期，从鸦片战争（1840年）到五四运动（1919年）为近代；"五四"之后到新中国成立（1949年）为现代；1949年至今为当代。而格律诗词自唐宋逐步定型、成熟以来，又历经了宋、元、明、清各代的不断嬗变、演进，才成为传统文化的英华，它之所以能够长盛不衰，就是因为其除了具备平仄声韵上的音乐美、章句组合上的结构美、意象取境上的图画美之外，是以传统文言作为载体，因而具有精炼典雅、深美闳约且易诵易记的特征，这样才在由文言散文、骈文辞赋、说部话本等多种文学样式组成的文学大舞台中独树一帜，蔚为大邦，成为历代士人抒情言志的首选工具。毋庸讳言，格律诗词最初是在以文言为主流语言的社会环境里方才诞生并勃兴的。唐、宋、元、明、清历代，文言既是官方标准语言，也是士人写作的正统语言，具有不可动摇的权威地位，因此格律诗词也从未遇到过培育土壤缺失和生存环境恶化的问题。但到了"五四"时期，胡适、陈独秀等新文化运动旗手提

114

倡白话，废除文言，排击旧体文学，一时万人响应，望风披靡，格律诗词在"当代"以前就遇到了空前的危机。我们今天的担忧与困惑其实早已发生在前贤身上，例如国学大师黄侃（季刚）先生在"五四"以后仍然秉持君子之操守而不随流俗，始终以醇正文言写诗作文，但他亦已洞鉴时代大势，在1927年私底下对门人陆宗达郑重告诫："你要学习白话文，将来白话文要成为主要形式，不会作是不行的。我只能作文言，绝不改变，但你一定要作白话文！"话里话外透露出一代学术大师的贞介和变通，当然还有和常人一样在时代洪流下的痛苦。迄今为止，五四新文化运动过去已逾百年，白话文诚然已成为文本写作与社会交流的绝对主流语言，但含有大量诗词的古籍文献不曾消亡，格律诗词仍然在文学殿堂占有一席之地，这又是什么原因呢？揆情度理，其实还是因为格律诗词业已深深植根于民族文化的沃壤，而且它在漫长的发展过程中，其语言亦在不断优化，除了坚守书面雅言的主体地位之外，诗人们也不断吸纳并提炼民间的俗语俚词，并不时同化本土道教语言及异域传入的佛教语言，当前更有新生代诗人妙用网络语言入诗而烹炼得法的例子。《庄子·养生主》篇结尾讲道："指穷于为薪，火传也，不知其尽也。"意谓烛薪的燃烧是有穷尽的，火的传续下去却是没有穷尽的时候的。格律诗词的传承也是这样，其所处语言大环境的变革属时势使然，非人力所能遏制，但它具有自我调适的功能，诗人们在诗词语言的"文白"与"雅俗"之间早已找到可以相互谐适的契合点，因而在创作实践中依然能够得"大自在"而无所拘碍。

下面举三首善于熔铸当代语言，貌新神古的今人诗词作品，以见一斑。其一，杭州王翼奇先生七律《无复》："无复当年让座风，一机在手恁从容。帅男靓女皆孙辈，皓齿明眸对乃翁。社会颇闻多进步，未来终是属儿童。龙钟久立无人会，车外霓华炫彩虹。"全诗谐而不谑，几乎纯用白话，针对公交车上时尚青年男女漠视老年乘客而悭吝于一座之让的社会现象而痛下针砭，堪称讽世佳作。其二，

观

鱼

解

牛

新疆于钟珩先生七律《车经宁夏》："载梦征轮过朔方，荒原无际卧斜阳。野蓬乱点平沙绿，农舍远连秋稼黄。旅客犹谈科索沃，史家重论李鸿章。行行更向阳关外，休问何乡是故乡。"此诗为塞外驿程之作，摹景荒寒，气格沉郁，颈联以域外地名"科索沃"对中国人名"李鸿章"，语新意奇，想落天外，而又反常合道，为"古貌今情"的上乘之作。其三，杭州沈利斌先生七绝《车上遐思》："虽幸公交一座同，可怜无计姓名通。卿将何去何时下，我住钱塘东复东。"此诗以明白如话的语言记述公交车上与陌生丽人的一次美丽邂逅，但却语淡情遥，婉曲深挚，颇能拨动读者的心弦。

二

社会生产方式、城市环境、价值观念的改变，以及外来文化的冲击，是否消减了格律诗词的创作热忱？

诗词是科举时代和农耕社会的产物，从诗人方面来讲，"社会生产方式"大的方面指整个时代的生产属性，小的方面则专指个人的职业身份。在唐宋各代，社会生产方式为慢节奏的农业社会，诗人多数为士大夫阶级，即使有部分是所谓"布衣"，但或仕或隐，都属于有闲阶级，因而能够好整以暇地过吟咏自适的优雅生活。今天的诗人则职业不一，身处生活和工作压力都空前巨大的快节奏社会，仕须尽力，隐则无方，一颗"诗心"几乎无处安顿，创作的热忱的确是遇到了绝大的挑战。沪上诗坛前辈周退密先生曾以过来人的身份对笔者说："诗宜多读而少作，因为其易致费时失业"，这里所说的"费时失业"，乃是指推敲斟酌耗费时间而妨碍正业。老前辈的盛意固然可感，但任何事情都应当一分为二地理性分析，诗词创作是否"费时失业"，这要看个人的创作态度是否虔诚，但它燃情启智、调心怡神的作用却是此道中人都有深切体会的。在这里谨以两位当代诗人的作品为例，说明真正的诗人是不会因社会生产方式的变革而放弃初衷的，其一，北京魏新河先生词作《南乡子·雪中飞过灞水》："风雪灞桥头，驴背吟诗孰与侼？我在云端翻旧谱，箜篌。听取仙人十二楼。河汉水西流，待把诗囊括斗牛。携得精芒十万丈，归休。要把光明散九州。"作者的职业身份为空军飞行员，属戎伍性质，工作既忙且与诗词绝不相干。这首小令词描绘飞行经历，豪放奇逸，气沛神完，与苏、辛相较也毫无逊色。其二，上海秦鸿先生七绝《过常熟》："满陌茶香漾碧纹，天青日暖变奇云。虞山风竹千竿翠，响诵六朝清逸文。"作者为职业经理人，长期奔波于职场道途，但他却在山程水驿之间获得了灵感。上面这首诗描绘江南春夏之交的风物，句妍韵美，风神摇曳，结句灵心妙舌，饶有奇气，为"性灵"与"神韵"兼具的作品。

　　中国人民大学唐克扬教授在《唐代文学中的长安》一文中曾精辟论述："城市史对文学史将发生影响，文学史也将给城市史不寻常的回馈。"讲得非常到位，具有穿透历史的深远目光。城市环境及城市史本身就是文学创作的重要素材，历代都诞生过脍炙人口的经典名作。单说唐诗，我们耳熟能详的就有刘禹锡的《石头城》《乌衣巷》，韦庄的《金陵图》《台城》、卢照邻的《长安古意》、赵嘏的《长安秋望》等等。再说宋词，就有柳永描绘杭州形胜的《望海潮》（东南形胜），王安石描绘金陵胜概与抒发兴亡感喟的《桂枝香》（登临送目）等等。上述例子无不证明着城市也是诗词创作题材的一大来源，但今天的城市环境，与古时候已迥然不同，由于代远年湮，名胜古迹有的已永久消失，建筑文化则日趋现代，市井里巷转化为新式小区，唐诗宋词里的"人民城郭"被"水泥森林"所取代，这还能触发诗情吗？的确是令人暗生怅惘。但这毕竟难不倒笔参造化的诗人，当代诗词中写城市环境与生活的颇有佳作，且法古而不泥古。当代诗坛名家杨逸明先生有一首作于上海市的七律《酷暑戏作》："空调又奏最强音，抵抗申城暑气侵。急敛凉风屯广厦，乱排热浪逼街心。骨牌深巷喧过夜，酒肉朱门臭到今。只有小蝉难忍耐，思秋若渴动长吟。"这首诗以风趣轻快、尖新透脱的独特风格描绘申城暑季众生相，融入了自己的主观领悟与客观感受，自出机杼，极易引起有城市居住体验人群的共鸣。又如台湾张梦机先生的七律《入市道中作》："车行官道涨尘氛，丛竹飞青日欲焚。梦去四围皆岭树，愁来一割是溪云。楼形拔地参差起，人海生潮往复勤。三载深居偶然出，稍从游衍广知闻。"全诗记述作者从台北市郊进入市区的沿途感受，通都大邑的嚣尘涨天及人海茫茫中的孤独感交织在一起，骨重神寒，诗格则是"同光体"的盘郁雄肆，属于汲古功深的赋咏城市风情之作。

至于说价值观念的改变对诗词创作的热忱有无消减？这个疑问也并非没有道理！从今天的社会来讲，早已过了"诗赋取士"的时代，再好的诗词作品也是寒不能衣，饥不能食，不比古时候，"登高能赋，可为大夫"（语出《毛传》），意谓登到高处能赋诗的人可以做大夫。也不比近现代，诗词的创作成就尚可获得国家正式嘉奖，例如民国年间著名诗人、学者邵祖平先生曾经凭借个人旧体诗集《培风楼诗》获得教育部一等奖，另外，儒医、诗人唐玉虬先生的个人旧体诗集《国声集》《入蜀稿》曾获得民国三十一年全国高等教育学术奖文学类三等奖（此奖文学类只设三等奖）。除此之外，1970年代的中国台湾地区对传统诗词创作也极为重视，张梦机教授在1979年以自著诗集《师橘堂诗》获得"中兴文艺奖章"，同年又以自著诗集《西乡诗稿》获得"中山文艺奖"。但今天的社会思潮日益开明，在诗人们看来，诗词创作并不是自身价值的唯一体现，而是升华人生境界的有效途径，因此少有格律诗词领域的"职业诗人"，诗词作品在当代"社会功能"的弱化不至于很大程度地影响到创作者本人的价值观念，更不会从根本上消减创作的热忱，反而是圈子外的人在对格律诗词创作时加贬损，甚且认为是"迷恋骸骨"，体现出一种"民族虚无主义"的悖论，所谓"人各有志，不可相强"，这已不值一驳。

外来文化对诗词创作热忱的冲击极为有限，反而是为诗人提供了崭新的"诗料"，这方面早由近代"诗界革命派"巨子黄遵宪作了成功的探索，今天的诗人更是在继承

思
曲
吟
长

前贤的基础上手辟新洲。例如杭州尚佐文先生的五律《电影"2012"观后》:"末日无多日,二零一二年。熔岩撕厚地,洪水蔽高天。倏忽群生尽,微茫一息延。心惊忽心惧。举世尚酣眠。"又如厦门陈伟强先生的词作《相见欢·观美国电影"星球大战"》:"灵槎横渡银河,叩舷歌。足下微尘一粒是娑婆,星作舰,光为剑,战天魔。云外飞星如雨电如罗。"这两首作品都是记述西方大片的观后感,才思横溢,奇情壮彩,光怪陆离,令人目眩神迷。其中既有对人类命运的终极关怀,又能如梁启超所言"以旧风格含新意境",的确是吸收外来文化而广拓诗词题材的成功案例。

结语:当代中国,可有好诗?

在当代中国林林总总的诗词作品中,精品虽然还只是少数,但如果披沙拣金,则不时有令人欣喜的发现,进而可以得出"当代中国,仍有好诗"的结论。但凡事都得顾名思义,所谓"好诗",截至目前,并没有一条人人都可以接受的绝对标准,来作为我们参考的"至宝丹"。所以连古人也只好用"诗无达诂"这句话来平衡种种诗坛异见。人称"一代儒宗"(亦是大诗人)的马一浮先生有下列观点,其一:"诗以道志,亦是胸襟自然流出,然不究古今流变,亦难为工。须是气格超、韵味胜,方足名家"。其二:"诗,第一要胸襟大,第二要魄力厚,第三要格律细,第四要神韵高,四者备,乃足名诗"。按照马老上述观点,倘若认同者在实际创作时真正能做到躬行力践,那做出的诗词与"好诗"起码是相去不远了。

下面选取数首个人认为已属"当代好诗"的作品,以见一斑。其一,香港饶宗颐先生七律《恒岳》:"双脚犹堪踏九州,桑干河上送中秋。凿空寺古谁镌壁,急雨风来忽满楼。老去宁无济胜具,收身竟作入山谋。如今五岳都行遍,自笑南归尚黑头。"此诗以豪宕健举之诗笔记北岳之游,物我相谐,境智交融,有圆转超脱之致,与一般的应酬山水、吟赏烟霞之作迥然有别。其二,广州陈永正先生

观 鱼 解 牛

七律《番禺莲花山中秋待月》："莲花一塔矗江沱，日夕微云与荡摩。地仄可堪容大月，情深真欲蹈金波。山川郁郁芒须吐，空色冥冥影自挪。梦湿鲛人百年泪，虎门南望壮心多。"此诗特点是奇伟恣肆，骨骼腾健，元气淋漓而实大声宏，风格与清初"岭南三大家"之一的屈大均为近。其三，香港周锡䪖先生七绝《北行壮观组诗·北固山凌云亭》："第一江山有此亭，金焦飞入眼中青。倚栏谁唱南乡子？唤起鱼龙跋浪听。"此诗高境是悲慨沉雄，恢奇激荡，神会古人而冥摄万象，堪称纸上有声的怀古杰作。其四，合肥刘梦芙先生七律《夏日山居杂兴》："懒抛心力事雕虫，晞发岩阿沐好风。孤月泻天千嶂碧，万云成海一灯红。重楼久闷箫魂冷，敝箧潜销剑气雄。莫向人前吟抱玉，书生无用古今同。"此诗定轨三唐，雄深典重，郁勃精警，写山居生活而孤怀落落，忧心悄悄，为豪杰之士别有怀抱之作。其五，杭州钱之江先生五律《陪天吴兄登吴山江湖汇观亭》："危亭延物览，孤鸟与人齐。路转吴天尽，江随越峤迷。伏潭动幽怪，行雨出招提。袖得莽苍去，送君过虎溪。"此诗取境幽邃，雄放中寓旷逸之气，而句响字稳，格高味厚，泽古功深，在今人五律中尤不多见。另外，再选取一首词作，即天津王蛰堪先生的《浣溪沙·晏殊诞辰千周年》："忆断词魂赣水西，夕阳山远眼凄迷。梦中重认旧亭池。一瓣心香供采撷，千年骚绪费支持。伤情最是燕来时。"这首小令词凄馨绵邈，郁伊善感，托旨遥深，为晏同叔诞辰千年而作，即于短幅中熔铸晏氏经典名作，如"梦中重认旧亭池""伤情最是燕来时"两句即脱胎于晏氏的成句"去年天气旧亭台""似曾相识燕归来"，由于他这里化用得极其自然，含而不露，因此极见功力和匠心，的确是一首好词。

此外，谨介绍一种当代格律诗词优质选本，这个选本是浙江文艺出版社1998年所出的20世纪八九十年代中青年诗词选本《海岳风华集》（修订本，毛谷风、熊盛元合编），该书作者共52人，收录诗词作品1191首，当代格律诗坛名家周锡䪖、张梦机、陈永正、王翼奇、于钟珩、毛谷风、李国明、星汉、杨启宇、王蛰堪、熊盛元、马斗全、熊东遨、钟振振、黄坤尧、刘梦芙、胡迎建、段晓华、魏新河、郑雪峰等人皆为该选本中的重要作者。这本集子作品选稿精而去取严，因而佳作络绎，珠玑满纸，甫一问世，即驰名诗坛，热销书肆，现已成为当代诗词创作的经典范本，具有历久不衰的影响力，它也是"当代中国，仍有好诗"的一个有力的佐证。

观

鱼

解

牛

何限情思说楼台

● 傅蓉蓉

　　年少时读辛弃疾《永遇乐·京口北固亭怀古》，最打动我的一句是"舞榭歌台，风流总被雨打风吹去"。欢乐地，歌舞场，繁华风流，儿女情长，在时光的淘洗里，世事的磋磨中渐渐化为断壁残垣，甚至灰飞烟灭，这是何等令人伤心的意境啊！《红楼梦》中有一首《好了歌注》，起手几句便是："陋室空堂，当年笏满床；衰草枯杨，曾为歌舞场。蛛丝儿结满雕梁，绿纱今又糊在蓬窗上。"可以说与辛弃疾的这句词不相上下。这世间，最深刻的悲剧不是无法找到"美"，而是将"美"须臾之间打碎，留下满目疮痍。

　　那么，为什么美的毁灭常常以亭台楼阁的衰朽作为象征呢？最大的可能就在于，在这些建筑中，园主人时常会更多地倾注自己的审美理念和生活理想，对其进行文化赋值，使之在功能实现之外，满足更宽泛的精神寄托，情绪释放，人格象征的需求，属于更为私人化的建筑。因而，它们见证了园主人与园中人更真切的悲欢离合，更日常的晨昏朝暮；四时轮回，莺飞草长，花事代谢，友朋聚散都与它们密切相关。久而久之，亭台楼阁走进了诗文里，戏曲中，成为人们对一个时代或一个群体进行想象的载体。

　　宋人李诫的《营造法式》卷一"总释"里对亭台楼阁的历史渊源有明确的梳理：

　　楼《淮南子》：延楼栈道，鸡栖井干。《史记》：方世言于武帝曰：黄帝为五城十二楼以候神人。帝乃神明台井干楼，高五十五丈。《说文》：楼，重屋也。

亭《说文》：亭，民所安定也。亭有楼，从高省，从丁声也。《释名》：亭，停也，人所停集也。《风俗演义》：谨按春秋国语有寓望，谓今亭也。汉家因秦，大率十里一亭。亭，留也；今有语"亭留""亭待"，盖行旅宿食之所馆也。亭，亦平也；民有讼诤，吏留办处，勿失其正也。

台榭《尔雅》：无室曰榭。又：观四方而高曰台，有木曰榭。《释名》：台，持也。筑土坚高，能自胜持也。《汉书》：坐皇堂上。《老子》：九层之台，起于累土。《礼记·月令》：五月可以居高明，可以处台榭。[1]

通过这些说明，我们发现虽然形制、来源、作用、等级各有不同，但这些建筑有一个明显的共通点：无论是可以沟通神明的"楼"，还是表达留恋不舍的"亭"，又或者登高望远以畅胸怀的"台榭"，都具备超离庸常生活状态，指向更高层次精神活动的特性。

文震亨《长物志》里对亭台楼阁修筑以"雅"为准的，所以主张："楼阁，作房闼者，须回环窈窕；供登眺者，须轩敞宏丽；藏书画者，须爽垲高深，此其大略也。……阁作方样者，四面一式，楼前忌有露台卷篷，楼板忌用砖铺。高阁作三层者最俗。"[2] 楼阁的作用虽有不同，或含蓄，或开阔，或幽深，但都必须遵守定式，不能用建造寻常平房的方式来建造，露台卷棚，方砖一概不用，也不能修得层次太多。

"筑台忌六角，随地大小为之，若筑于土岗之上，四周用粗木，作朱阑亦雅。"[3] 筑台，忌讳做成六角形，根据地面大小来建。如果建在山冈上，四周用粗木做栏杆，漆成朱红色，也还是比较高雅的。

---

① ［宋］李诫著，《营造法式》卷一，［清］永瑢、纪昀等编，《文渊阁四库全书》第673册，第404—405页。

② ［明］文震亨著，《长物志》卷一，［清］永瑢、纪昀等编，《文渊阁四库全书》第872册，第35页。

③ 同上。

从以上两则论述里我们可以知道，在修建这类建筑时，"差异性"的表达很重要，也就是说要和普通功能型建筑的形制、色彩、用材等方面有区别，以此体现这些建筑表达了园主人高雅的情趣。

借助李诫与文震亨的表达，我们能充分理解当中国文人流连于长亭短亭，栖身于画阁朱楼，徘徊于月榭花槛，登临于层台琼台时，心物交感，即景抒情的艺术态度了。本于此，我们也就对白居易《葺池上旧亭》[①]这首诗有了充分的理解：

> 池月夜凄凉，池风晓萧飒。欲入池上冬，先葺池上合。
> 向暖窗户开，迎寒帘幕合。苔封旧瓦木，水照新朱蜡。
> 软火深土炉，香醪小瓷榼。中有独宿翁，一灯对一榻。

"池上"指的是白居易"履道里宅园"。长庆四年（824），白居易自杭州刺史任上北归，便有归隐之心，在洛阳香山履道里得已故散骑常侍杨凭旧居，便以此作为晚年安宅。这座占地近二十亩的宅园，就是他的"池上"园。这座园林寄托了诗人的生命体验，融入了他的禅学观。"池上"之名让人浮想联翩。谢灵运有"池塘生春草，园柳变鸣禽"（《登池上楼》）之句，池塘是生机勃发的意象。南朝梁刘孝标注引《襄阳记》："汉侍中习郁于岘山南，依范蠡养鱼法作鱼池，池边有高堤，种竹及长楸，芙蓉菱茨覆水，是游燕名处也。山简每临此池，未尝不大醉而还，曰：'此是我高阳池也！'襄阳小儿歌之。"因而习池被认为是欢宴之处，游乐之所。所以"池上"不是一个方位指向，而是一种生命状态，闲散安适淡定，充满趣味的状态。白居易有《池上篇》云："有水一池，有竹千竿。勿谓土狭，勿谓地偏。足以容膝，足以息肩。……识分知足，外无求焉。"这印证了诗人追求内心的平静满足，在平凡境界里感受自

---

① ［清］爱新觉罗·弘历编，《御选唐宋诗醇》卷二十六，［清］永瑢、纪昀等编，《文渊阁四库全书》第 1448 册，第 528 页。

足圆满的心态。所以这首诗，写"池上旧亭"，并非因为这个亭建于池塘之上，而是在诗人的"池上园"中。冬寒凛冽，月色昏沉，要在这个地方过冬，就要先修葺园中的楼阁。

　　白居易是个善于修筑园林的诗人，他有自己布置室内外景致的完整理念。他在《白蘋洲五亭记》里曾说："大凡地有胜境，得人而后发；人有匠心，得物而后开。境心相遇，固有时耶？"说明在他看来，当物境与心境会通时，才能打开真正的美好境界，心为景之灵。实际景观的尺度，数量反而退到其次位置。本着这样的理念，他从不忽视任何有意味的细节，以小中见大的态度来对待其布置。所以楼阁窗户的朝向，室内的帘幕，楼阁的砖石，近旁的花木，他一一予以关注，甚至连炉火，酒杯都作了安排。值得注意的是，白居易的安排并不是为了招待客人，他享受着独宿其中，一灯一榻的逍遥之乐。这一乐趣与诗人尚"中隐"的心态有密切关联。诗人曾作《中隐》诗，诗云："大隐住朝市，小隐入丘樊。丘樊太冷落，朝市太嚣喧。不如作中隐，隐在留司官。似出复似处，非忙亦非闲。不劳心与力，又免饥与寒。……唯此中隐士，致身吉且安。穷通与丰约，正在四者间。"表明了他能够超离物质世界欲望诱惑，又清醒地认识到，逃于山林会遇到的困境，因此在仕隐之间，城市与山林之间寻找一个适宜的尺度与空间安放生命是他的选择。在寻常世界里找到心性的自由，是诗人的主动选择，落实到空间环境与人的关系上，他也自然而然地做出了适宜的布置，以求肉身舒适；清静地独处，让灵魂获得休憩的选择。

观

鱼

解

牛

125

流动在诗词中的时间感

● 傅蓉蓉

《红楼梦》第五十八回"杏子阴假凤泣虚凰　茜纱窗真情揆痴理"中有这样一段：

宝玉便也正要去瞧林黛玉，便起身拄拐辞了她们，从沁芳桥一带堤上走来。只见柳垂金线，桃吐丹霞，山石之后，一株大杏树，花已全落，叶稠阴翠，上面已结了豆子大小的许多小杏。宝玉因想道："能病了几天，竟把杏花辜负了！不觉已到'绿叶成荫子满枝'了！"因此仰望杏子不舍。又想起邢岫烟已择了夫婿一事，虽说是男女大事，不可不行，但未免又少了一个好女儿。不过两年，便也要"绿叶成阴子满枝"了。……正悲叹时，忽有一个雀儿飞来，落于枝上乱啼。宝玉又发了呆性，心下想道："这雀儿必定是杏花正开时他曾来过，今见无花空有子叶，故也乱啼。……但不知明年再发时，这个雀儿可还记得飞到这里来与杏花一会了？"①

这段文字颇为感人。宝玉来到园中，时值暮春，绿盛红稀，在他眼中，流逝的时间带走了青春与美好。满枝青杏意味着韶华将去，生命由诗性的浪漫逐渐步入理性的世俗。这个段落很明显能看出是从唐人杜牧的《叹花》诗中

---

① ［清］曹雪芹著，《红楼梦》(四大名著大字本)，北京：人民文学出版社，2019，第842—843页。

脱化而出："自是寻春去校迟，不须惆怅怨芳时。狂风落尽深红色，绿叶成阴子满枝。"这首诗的背后有一个"爱而不得"的凄美故事。晚唐高彦休《唐阙史》记载，杜牧早年游湖州的时候，认识了一位民间女子，年龄十余岁，杜牧与其母约定十年后来娶她。过了十四年，杜牧任湖州刺史，准备前往迎娶，但其母却说女儿已嫁人三年，生二子。因为，错过，伊人化作了诗人心上的朱砂痣，定格在诗境中，此后千年，深红色的杏花里藏进了最缠绵的相思与最无解的追忆。许多年以后，有着相似经历的词人姜夔写下了一首《鹧鸪天·元夕有所梦》："肥水东流无尽期。当初不合种相思。梦中未比丹青见，暗里忽惊山鸟啼。春未绿，鬓先丝。人间别久不成悲。谁教岁岁红莲夜，两处沉吟各自知。"词人半生漂泊，依人而居，所以当他在合肥遇见一位美丽的琵琶伎时，虽然爱情萌生，但苦于生计，不能求娶。二十年后，故地重游，回想当时的欢聚，竟成一生之梦幻。伊人远去，后会无期。梦中相见，又被山鸟惊醒。愁思绵绵，茫然无尽。在元宵佳节，众人争放荷花灯许愿之时，词人只能默默回首，遥想当年，想来，那女子也是吧。与杜诗全用意象相比，姜词稍觉直白发露。但是，同样以时序节令为底色，以眼前景写旧时情，两者何其相似。

宝玉此时此刻，心境大约也与两位古人想通。他是喜聚不喜散的性子，却也知道，这些明珠一般美好的女孩终究不能长相厮守，在青春里，他们彼此为过客，用最美丽的时光和最美好的情怀写就足够永生追忆的诗篇。所以，宝玉看到飞在杏花枝上的雀儿才会生出"但不知明年再发时，这个雀儿可还记得飞到这里来与杏花一会了"的感慨。

以时序更替，景物变化为背景，作者让故事的情节变得厚重且耐人寻味。读者在欣赏这一段文字时，常常会同主人公一样，如同咀嚼一个青橄榄，有生涩的疼痛，更有无尽的滋味。在"时间"有限性的衬托下，"情"的珍贵与易变让人更加印象深刻。时间为幸福感标定了期限，因而幸福变得真实且珍贵。

我们中国人是最擅长用时序来表达生命体验的："采

薇采薇，薇亦作止。曰归曰归，岁亦莫止。"（《诗经·小雅·采薇》）是通过薇菜的成长写出对久久不归的征人的思念；"悲哉，秋之为气也！萧瑟兮草木摇落而变衰。"（宋玉《九辨》）是借秋风肃杀，草木凋零写贤士不遇；"阳春布德泽，万物生光辉"（《古诗十九首》），写出了青春的美好以及易逝；……如此种种，不胜枚举。在时序的变化中，人们感知到了生命在不同节点生成的感悟，体会到了人在大化流行中的价值与意义，理解了生命有限性与宇宙无限性之间的矛盾与统一。

把时间感融入作品，能有效引发受众情感共振。因此《世说新语》中的这一则："桓公北征经金城，见前为琅琊时种柳，皆已十围，慨然曰："木犹如此，人何以堪！"格外让人感动。在时间的衬托下，功名霸业纵然赫赫扬扬却难逃自然规律的侵蚀，人无法规避走向终点的结局，因此会格外重视过程中的精彩。好的作品，会让时间流融入情感线，以变化来展示不同层次与阶段的美。如同，那棵见证过桓司马意气飞扬的少年时光的老树，用一片垂荫，一痕青苔，一杆触手苍老的树身，让百战归来的游子抚今追昔，感叹造化的无情与多情，留下千古名句；那些同样引入了时间元素的作品也会让读者品万象，见内心。

比如吴文英这首《八声甘州·灵岩陪庾幕诸公游》①

渺空烟四远，是何年、青天坠长星？幻苍崖云树，名娃金屋，残霸宫城。箭径酸风射眼，腻水染花腥。时靸双鸳响，廊叶秋声。

宫里吴王沉醉，倩五湖倦客，独钓醒醒。问苍波无语，华发奈山青。水涵空、阑干高处，送乱鸦斜日落渔汀。连呼酒、上琴台去，秋与云平。

这首词起句奇幻瑰丽。作者在灵岩山上，看到烟云四合，突发奇想：这灵岩从何而来？莫非是古时长星坠落，化为山川？这一问，穿越时空，仿佛要穷尽洪荒以来，沧海桑田的变化，为整首词定下了奇特梦幻的基调。

---

① 唐圭璋《全宋词》，北京：中华书局1999年，P.2926。

接下来词人以一个"幻"字领起，灵岩山上，苍崖古木，云霭烟霞，美人的"藏娇"之金屋，霸主的盘踞之宫城，都在幻境中一一呈现，行云流水，虚境实写，毫无窒碍。

有了境象的铺垫，作者的想象更加汪洋恣肆。他仿佛置身于吴越争霸的年代，以旁观者的视角注目着历史事件的发生以及场景的转换。一句一事，环环相扣。他看到了"箭径"之上，宫女如云，采摘香料。"箭径"，宋人周必大《吴郡诸山录》说："故老言香山产香，山下平田之中有径，直达山头。西施自此采香，故一名采香，亦云箭径，言其直也。"在这幻象中的女子欢声笑语，似乎从来没有想到会有风流总被雨打风吹去的那一天。宫中脂粉，流出宫外，以至溪流皆为之"腻"，草木也染上了脂粉的"腥气"。作为旁观者，词人仿佛从这欢愉之中感受到了萧瑟，"酸风射眼"，语出李贺《金铜仙人辞汉歌》"东关酸风射眸子"，带着一种悲郁的意绪。真实的历史感与幻境相融合，时空界限十分模糊。

词人也仿佛听到了"响屧廊"上鸳屧的回声。"响屧廊"，相传为吴宫之中的一条特别走廊。吴王筑此廊，令足底木空声彻，西施着木屧行经廊上，辄生妙响。立于秋山之上，万木萧萧，词人不辨这声响从何而来，在他的意念中，仿佛吴越宫中传出的余响，千载不绝。幻声与幻境重叠，不知今夕何夕。

下片笔势陡转，感慨系之，牢骚随之。吴越争霸，越王勾践复仇成功的真正原因，不在范蠡用美人计进献西施，而在于夫差沉醉于安逸享乐，沉醉于疏忽放纵，否则纵然西施貌倾天下，又怎能轻易成功，覆亡吴国，泛舟五湖以终老。"沉醉"两字下得极重。这是对吴王夫差的批判，又何尝不是对南宋风雨飘摇的朝廷中当国者的一声棒喝。

词人说，这看尽了古今兴亡的苍波青山知道，时局如此，覆水难收。他倚阑远眺，澄江之上，涵溶碧落，归鸦争树，落日映渔汀，这是秋日的黄昏，也是帝国的黄昏。词人只能强打精神，呼酒上琴台，看秋云纵横，至此作者彻底将情绪从真幻交织中释放出来，寻求解脱。流动的时间感塑造了这首词如夕阳一般，忧郁而唯美的"有我之境"。

苏轼《阳关曲　答李公择》文学意蕴赏析与考辩

● 陈曦骏

一、李公择与苏轼的关系

李公择名为李常，南唐宗室后裔，在政坛上虽然其与王安石为乡党，私交甚好，在熙宁变法期间上疏反对新法，被贬官外放。其与苏轼不但为政坛同道，也为文坛挚友，在知湖州期间，由李常担任东道主，请张先、苏轼、杨元素、陈舜俞、刘述于湖州碧澜堂雅集，后称六客会，时张先作《定风波　六客词》。其序云："霅溪席上，同会者六人：杨元素侍读，刘孝叔吏部，苏子瞻、李公择二学士，陈令举贤良。

李公择还与苏辙关系密切，不但是诗友，还曾在齐州与其共事，后秦观持李常书来拜见苏辙时，苏辙不但热情接待还作诗回忆当时"济南三岁吾何求，史君到后消人忧"。同时苏门四学士之首，与苏轼亦师亦友的黄庭坚是李公择的外甥，少年丧父的黄庭坚自小跟着他读书，黄庭坚曰："长我教我，实唯舅氏。"舅舅还把他介绍给了苏轼。

《阳关曲》词牌情感的变化

郭茂倩《乐府诗集》中称：《渭城》一曰《阳关》王维

130

之所作也，本《送人使安西诗》，后遂被于歌……《渭城》《阳关》之名盖因辞也。郭茂倩认为是先有诗再有曲，曲子的得名来源于王维诗作，所以将王维的《渭城曲》之作诗词兼收。在唐人诗句中提到"阳关曲"几乎都是别离与伤感之声，白居易"听唱阳关第四声""更无别计相宽慰，故遣阳关劝一杯"，张祜"不看昨夜先垂泪，西去阳关第一声"。宋人诗词中也几乎沿用了唐人阳关曲伤别的意象，李清照"千万遍阳关，也则难留"，陈梅庄"怕郎却起阳关意，常掩琵琶第四弦"，包括苏轼自己的诗词中也是伤别的意象用法，"且尽一尊，收泪唱阳关"。

但东坡本首《阳关曲》中并无明显的伤别之感，文本上更似两人重逢初见时的赠答之作，而并非送别时题作。词牌就是曲目名称，填词的内容要与曲调的情感相符。而苏东坡不止是这一首《阳关曲》无王维般"西出阳关无故人"之伤感，其他现存的以《阳关曲》填的词作，只有一首《阳关曲中秋月》为送别子由而生离情，像是在徐州所作的《阳关曲 赠张继愿》"受降城下紫髯郎，戏马台前古战场"，用唐代名将张仁愿与张继愿名字的联系，填了一首激励对方或是讽刺求和的词。同一个词牌，如果音乐情感表现包容性强，类似于鹧鸪天、南乡子等曲目可以表现多种题材的内容，可唐代《阳关》已经成为明显伤别意象，曲调的兼容性未必能做到表演多种题材内容。这里可能固然有苏轼早期填词被诟病的"然皆句读不葺之诗耳，又往往不协音律。"主观上的问题，但更有可能的是《阳关》乐曲本身发生了变化。

苏轼在《阳关曲 中秋月》题下有注："中秋作本名小秦王，入腔即为阳关曲"，本词本来用的是小秦王的曲调，用演唱的方式表现就是离别的《阳关曲》了，这一段注解很有可能是为送别次日八月十六离开徐州的苏辙有意加的注解。《小秦王》看名称应与唐教坊曲《秦王破阵乐》或者玄宗时期的《小破阵乐》有关。从唐代留存的《小秦王》《小破阵乐》或者《破阵乐》为题的七言四句体选段，均为粘式体七言绝句，无一与平起之折腰体绝句《阳关曲》相

观

鱼

解

牛

131

同。同样秦观也认为"《渭城曲》绝句，近世又歌入《小秦王》，更名《阳关曲》"关于秦观这句话有两个关键点，一为"又歌入"，"又歌"应理解为复歌重歌，此前的唐曲很有可能失传了，宋人将用《小秦王》(或为宋人改编之唐曲)来奏唱王维《渭城曲》。二是更名的是什么。在秦观之前的郭茂倩在《乐府诗集》中已经提出《阳关》之名，所更应不是曲名，而是将宋代演奏的《小秦王》曲改名为《阳关曲》。宋人以填词唱词为乐，当前代曲目失传无法演绎呈现时，词人会通过改编的方式用其他曲目来演绎，苏轼自己就曾用《浣溪沙》，稍作修改演唱唐人张志和词《渔歌子 西塞山前白鹭飞》。笔者猜测在宋代以《小秦王》曲填《阳关》时，他的表现力应不局限在伤别离情感上，或许我们可以通过《赠张继愿》篇，来窥视《秦王破阵乐》中的豪情。所以我们在对这首诗的文本解析前，不能以送别词题材先入为主，苏轼在到济南时，李公择以诗相迎，苏子次韵二首作答，本词或为两人同在济南时，对李公择相迎时的赠词作答，遗憾的是李常诗与词都没能流传下来。

二、龙山在本诗中的多重用意
龙山常用典故与其意象内涵

龙山在古诗词中有两个较为常用的典故。其一典出《山海经 大荒北经》："西北海之外，赤水之北，有章尾山……是烛九阴，是为烛龙。"早在屈原楚辞当中就有龙山典故应用，《天问》："日安不到，烛龙何照?"《大招》："魂乎无北! 北有寒山，逴龙艳只。"逴龙即烛龙，唐人李白《北风行》："烛龙栖寒门，光耀犹旦开。"李贺《苦昼短》："天东有若木，下置衔烛龙。"《淮南子·地形训》："烛龙在雁门北，蔽于委羽之山。"在秦汉时期中国版图内，雁门关以北被认为是北方极寒之地，张衡《四愁诗》曰："我所思兮在雁门，欲往从之雪纷纷。"后因鲍照《学刘公干体其三》"胡风吹朔雪，千里度龙山"，烛龙栖息之龙山与雪共同出现遂成为滥觞，李白有"杨花满江来，疑是龙山雪"，李商隐"远把龙山千里雪""龙山晴雪凤楼霞"，还有咏雪的

"龙山万里无多远",五代牛峤"杏花飘尽龙山雪"。该典的意象内涵多指北方寒冷天气下的大雪。

其二是"孟嘉落帽"典故,《晋书 桓温列传》记载:"九月九日,温燕龙山,僚佐毕集。时佐吏并著戎服,有风至,吹嘉帽堕落,嘉不之觉。温使左右勿言,欲观其举止。嘉良久如厕,温令取还之,命孙盛作文嘲嘉,著嘉坐处。嘉还见,即答之,其文甚美,四坐嗟叹。"这个典故在诗词中意象内涵有表现风度翩翩、才思敏捷,也有重阳宴饮之代称,因当时宴会之地在龙山(今安徽当涂),故诗人以龙山用孟嘉事。李白句"九日龙山饮,黄花笑逐臣",戎昱句"登高何必上龙山",赵昪句"不是龙山落帽人"。宋诗中这一典故应用更多,晏几道、郭祥正、苏辙,苏轼本人也有"无复龙山对孟嘉"之句。

本作龙山典故应用

本作龙山应作何解释,笔者认为有三重含义,一是直用"龙山雪"之典故,"济南春好雪初晴,才到龙山马足轻。"熙宁十年苏轼从密州到齐州前,除夕在潍州遇上一场大雪,其诗作《除夜大雪,留潍州。元日,早晴遂行,中途,雪复作》明确提到正月初一从潍州出发再遇到大雪,直到走出潍州境内经过青州时雪还没有停。苏轼在次韵答李公择诗中记载这一路"敝裘羸马古河滨,野阔天低糁玉尘。"沿着黄河滨一路踏雪而来。此时的"春好"应已接近正月中旬,济南雪后初霁,本词前两句回顾一路走来不容易,同时也表现了得知李常已来相迎,即将见到朋友格外放松的心情。出句的"雪晴"与对句的"龙山",是对李商隐诗"龙山晴雪凤楼霞"的化用,"马足轻"化用王维《观猎》"雪尽马蹄轻",这个典不但表现出了诗人的轻松,同时也借《观猎》中"将军猎渭城",点题了词牌《渭城曲》(阳关曲的别名)。

二是暗用"九日龙山"之典故,"九日龙山"典故暗用一方面是用来自矜,一路冒风冲雪地赶到济南仍然风度翩翩的名士之风。同时,在李常赠诗词时,苏轼次韵两首又答一词表现文采风流。另一方面,暗用"孟嘉事"也是为了引出后两句的湖州风流故事,是该典故的功能性。

"才到龙山"是否实有其事

部分笺注中将"龙山"注为济南向东 60 公里的龙山镇,如今在章丘区确有龙山街道。是"龙山文化"的发现地,但在苏轼经过此地时是否有龙山这个地名呢?在多个史料中都有宋代龙山镇的记载,元代于钦《齐乘》"巨合城自宋为龙山镇",北宋后期陈师道说:"龙山设镇始于宋也",这是龙山的"汉城宋镇"之变。特别说一下龙山镇是市镇而不是军镇,因龙山未设县,又有市场贸易故设镇管理。苏轼在为王安石所作的华严经注解作跋时,曾提到龙山镇,《跋王氏华严经解》"予过济南龙山镇,监税宋宝国出其所集王荆公《华严经解》相示。"明确提到了济南府下有龙山镇,宋宝国担任龙山监税之职务。同时,龙山镇是从淄州入齐州必经之要道,由此可以确定,"才到龙山"应为实写。既有文典又有实事,所答之人还是朋友,对方可即刻明白苏子的用意。

三、霅溪女的实事与用典
苏轼、李常与湖州"六客会"

霅溪又称霅水是湖州的主要河流之一,唐人又将霅上、霅川作为湖州的代称。"六客会"之六客为苏轼、李常、张先、杨绘、陈舜俞和刘述。在熙宁七年九月,苏轼从杭州通判改任密州知州,杨绘回翰林院任职,与苏轼共饮后,又与张先和陈舜俞同船前往湖州。当时李常正在湖州任职,召集宾客在垂虹亭等地宴饮,这六客能够实现雅集不仅是他们都是文坛高手,是好朋友,同时也是反对新法过激而被贬之人。苏轼在黄州所做的《书游垂虹亭》记载:"吾昔自杭移高密,与杨元素同舟,而陈令举、张子野皆从吾,过李公择于湖,遂与刘孝叔俱至松江。夜半月出,置酒垂虹亭上。"这次六客会给苏轼留下了深刻的印象,无论是词、酒还有音乐都让苏子念念不忘。在济南次韵李公择诗其二,特地提到了此事"夜拥笙歌霅水滨,回头乐事从成尘"。

在本词中提到的使君就是曾任湖州知州的李常，而"雪溪女"是当时六客会上的歌女们。苏轼《南乡子》的序中有："沈强辅雪上出文犀、丽玉作胡琴送元素还朝"，《观林诗话》中记载"东坡家尚出琵琶，并沈冲宅犀玉，共三面胡琴，又州妓一姓周，一姓邵，呼为二南。"东坡家应为王朝云，在六客会上一共是五位女子，雪溪女应指沈冲姬妾与"二南"。

杜牧之典故的妙用

了解实事后，词中的使君和湖州可知用的是杜牧湖州韵事，宋人计有功《唐诗纪事》中记载："牧佐宣城幕，游湖州，刺史崔君，张水戏，使州人毕观，令牧间行，阅奇丽，得垂鬌者十余岁。后十四年，牧刺湖州，其人已嫁生子矣。乃怅而为诗曰：

> 自是寻春去校迟，不须惆怅怨芳时。
> 狂风落尽深红色，绿叶成阴子满枝。

杜牧当年也曾在刺史的陪同下游览湖州夜夜笙歌，十四年后又来到湖州任职，重听"处处楼台歌板声"。这里用典是以苏子参加李常做东的六客会，比作当年崔刺史招待杜牧的场面。"还作阳关断肠声"其本事是六客会主宾尽欢后天各一方，唱的是离愁别绪。从文典上看是化用李商隐《赠歌妓》其一"断肠声里唱阳关"，其寓意一方面是湖州歌姬演奏时情感细腻，以管弦声动世人情，另一方面则是说湖州的歌姬如同等待杜牧归来，等我们回去。后两句的理解应为调侃与戏谑，李使君千万不要忘了当年湖州笙歌管弦，她们还在唱着与我们分别时的歌，我们什么时候再回到湖州夜拥笙歌。历史也会开玩笑，在元丰二年苏轼移知湖州，不到四个月因乌台诗案被押入京师。另，尾句"阳关"在此处又再次呼应词牌名《阳关曲》。

四、本词的创作时间地点考辩

关于本诗的创作时间学界大体认为是在密州任满后，知徐州到任前所作。但具体时间与地点须结合苏轼离密至徐的轨迹详细考证。苏轼于熙宁九年十一月得诏命，以尚书礼部下属的祠部员外郎、直史馆的京衔，权知河中府。一个月后，所候替人新知州孔周翰到任，苏子向北向西出发，北上潍州（今潍坊）时除夜遇雪，熙宁十年正月初一天气复晴又一次出发，苏轼诗《除夜大雪，留潍州，元日早晴，遂行，中途雪复作》有句："除夜雪相留，元日晴相送"，而后大雪再降"须臾晚云合，乱洒无阙空"，过青州时大雪仍在下，作《大雪，青州道上，有怀东武园亭，寄交代孔周翰》，在正月内抵达齐州（今济南）与李公择会面，朱祖谋《东坡乐府》、邹同庆和王宗堂《苏轼词编年校注》皆认为是作于熙宁十年正月齐州，而"济南春好雪初晴，才到龙山马蹄轻"，也符合当时苏轼从密州出发后遇雪之故事，而到了龙山就正是从西方进入李公择任职的齐州境内。"才到"指的是诗人自己刚到齐州境内，而不是说李公择。李公择在熙宁九年初就已经到任，当时苏辙尚在齐州任佐官。《栾城集　苏颍滨年表》记载："辙以举者改著作佐郎"，苏辙年底回京改任著作佐郎，苏轼到齐州时苏辙三子尚在齐州。笔者认为本词应作于熙宁十年正月的齐州。

在《苏轼词新释辑评》中认为苏轼是"到达河中（山西永济）后，李常以诗相迎，苏轼以该词作答"。但从苏轼年谱与苏轼和苏辙的诗中看，并非在河中府作答。在苏轼诗元丰二年所作《次韵舒教授寄李公择》中"去年逾月方出昼"苏子自注"余去年留齐月余"，此时苏轼尚认为自己要去河中府任职，在写给苏辙三个儿子的诗中说"我时移守古河东"，苏辙诗《逍遥堂会宿二首并引》"熙宁十年二月，始复会于澶濮之间"，两个人见面的时间是熙宁十年二月，在开德府与濮州一带会面。《乌台诗案注》"二月到京，三月初一日王诜送到简贴，约来日，出城外四照亭中相见"。苏轼到了暮春三月未到河中府上任，为什么王诜只能在城外见苏子呢？二苏到达陈桥驿后，诏令不许苏轼入京

思

曲

吟

长

136

城，改知徐州，四月到徐州治所。因徙知徐州，苏轼在熙宁十年并没有入河中府，自然也不会在河中府与李常见面。

在马玮主编的《苏轼词赏析》将本词注解为元丰元年三月寒食日，李常来访，将龙山注解为徐州的云龙山。此应为误解。元丰元年三月，李常确于寒食前后来徐，苏轼有《寒食日答李公择次韵》《约公择饮　是日大风》《闻李公择饮傅国博家大醉二首》等。可此处有三个问题，一是词中所写天气原因，在暮春寒食日"雪尽马蹄轻"和徐州天气应不相符。二是"龙山"与云龙山的问题，龙山与雪的典故使用这里不再赘述，苏轼的诗词在提到云龙山时，有作"云龙"的，如"万木锁云龙"，也有作"云龙山"的"云龙山下试春衣"，但唯独没有再以"龙山"代云龙山的诗词，龙山多有成典，与苏轼的创作习惯不符。三是从和词的角度来看，在徐州交游期间，其他赠诗并没有再提到湖州六客会的事，而在济南相见时赠答诗词都提到了雪溪管弦之事，应是李公择在赠给苏轼的原诗词中对六客会在徐州就没有在诗中重提过，所以和诗与和词皆无记载。

参考文献：

[1]曾枣庄.《三苏评传》.【M】.上海：上海书店出版社.2016

[2]曾枣庄.《逍遥堂会宿二首并引鉴赏》.【D】.上海：上海辞书出版社.1987

[3]孔凡礼.《苏轼年谱》.【M】.北京：中华书局.2005

[4]王水照、朱刚.《苏轼评传》.【M】江苏：南京大学出版社.2004

[5]苏轼.《苏东坡全集》.曾枣庄.舒大刚.【M】北京：中华书局.2021

[6]《山海经》.方韬.【M】.北京：中华书局.2022

[7]计有功.《唐诗纪事》.【M】.上海：上海古籍出版社.2013

[8]龙榆生.《唐宋词格律》.【M】.上海：上海古籍出版社.

2018

　　［9］屈原.《楚辞》.【M】.北京：中华书局.2018

　　［10］杨广才.《杜牧与叹花诗本事》.【D】《东岳论丛》山东大学.2004

　　［11］苏辙.《栾城集》.曾枣庄、马德富【M】.上海：上海古籍出版社.2009

　　［12］杨玉峰.《被误读的乐府》.【D】.《音乐研究》.2020

思

曲

吟

长

图书在版编目（CIP）数据

思曲吟长 / 上海诗词学会编 . -- 上海：上海三联书店，
2025.5. --（上海诗词系列丛书）. -- ISBN 978-7-5426-8935-1

Ⅰ. I227

中国国家版本馆 CIP 数据核字第 2025YU2120 号

思曲吟长（上海诗词系列丛书·2025 年第 1 卷）

名誉主编 / 褚水敖

主　　编 / 胡晓军

编　　者 / 上海诗词学会

责任编辑 / 方　舟

特约审读 / 周大成

装帧设计 / 鼎　右

监　　制 / 姚　军

责任校对 / 王凌霄

校　　对 / 莲　子

统　　筹 / 7312·舟父图书传媒工作室

出版发行 / 上海三联书店

　　　　　（200041）中国上海市静安区威海路 755 号 30 楼

邮　　箱 / sdxsanlian@sina.com

联系电话 / 编辑部：021-22895517

　　　　　发行部：021-22895559

印　　刷 / 上海巅辉印刷厂有限公司

版　　次 / 2025 年 5 月第 1 版

印　　次 / 2025 年 5 月第 1 次印刷

开　　本 / 787mm×1092mm　1/16

字　　数 / 150 千字

印　　张 / 9.5

书　　号 / ISBN 978-7-5426-8935-1/Ⅰ·1937

定　　价 / 36.00 元

敬启读者，如发现本书有印装质量问题，请与印刷厂联系 021-56152633